“Purple Haze Feedback”

淡い記憶の裡に静止する
過ぎ去りし仲間との日々
友に選ばれし恍惚に酔い
未来に続くと信じた栄光
すべて虚しい夢と消えて
ぬくもりさえ彼方に霞み
死せる紫煙が無言で漂う

恥知らずのパープルヘイズ

—ジョジョの奇妙な冒険より—

Purple Haze Feedback

Hirohiko Araki × Kouhei Kadono

上遠野浩平

荒木飛呂彦
original concept

集英社

INDICE

Illustrations* Hirohiko Araki
Book Design* Yoshiyuki Seki for VOLARE inc.

空虚で無意味な夢の中
身勝手な恐怖の幻影が
最凶ウィルスのように
おまえを粉微塵にする

――レイジ・アゲインスト・ザ・マシーン〈毒蛇使い〉

アポロン神殿遺構と呼ばれている廃墟に、二つの人影があった。

ひとりは男で、ひとりは少女だ。

時は夜。そして新月の日。

わずかな星明かりしかない真っ暗な世界の中で、男は横たわっている少女の身体を見おろしている。

「う、ううう……」

苦しげに呻《うめ》いている少女に向かって、男は冷ややかに言う。

「呼べ」

「うううう……」

「呼べ、フーゴを――悲鳴を上げて、ヤツに助けを呼べ」

男の声には一切の容赦がない。漆黒の殺意だけが凝り固まっているような残忍さ、それだけしかそこにはない。

「ううう……」

少女は呻くだけで、動けない。その手足があり得ない方向に曲がっている。自力で逃亡することは不可能だ。そんな彼女に男は冷酷に言い放つ。

「抵抗は無意味——おまえの意思など〈マニック・デプレッション〉で制御できる肉体反応の前には無力だ」

そう言って男は、少女の喉を鷲摑《わしづか》みにした。その指先が皮膚に、肉に喰い込んでいく。

絶叫が、底無しの闇に覆われている夜に響きわたっていく——。

*

これは、一歩を踏み出すことができない者たちの物語である。

将来になんの展望もなく、想い出に安らぎもない。過去にも未来にも行けず、現在に宙ぶらりんにされている者たちが足掻《あが》いている——そのことについての奇譚《きたん》である。

彼らが足搔くのは、一歩めを何らかの形で踏み出したいと思うからなのか、前進するのか、後退するのか、それは誰にもわからない。本人たちにはもちろん、彼らをそのような運命に落とした世界の方も、何もわかってはいない。

はっきりしていることはただ一つ、彼らの立っている足場の方はどんどん崩壊していってお り、もはや同じ場所には留まれないということだけだ。

明日はなく、故郷もない。その中で人はどこに希望を見出すのか、あるいは何を絶望として怒りをぶつけるのか——そのことを一人の少年に託して、追究していくことにしよう。少年の名はパンナコッタ・フーゴ。人から裏切り者と蔑《さげす》まれ、恥知らずと罵《ののし》られる彼がいかなる運命に辿り着くことになるのか、それは彼の選択次第である。

恥知らずのパープルヘイズ

"Purple Haze Feedback"

Vittorio Cataldi
ビットリオ・カタルディ

I. vitti 'na crozza しゃれこうべの歌……………………

その日――。

イタリア、ミラノにある世界でも有数のサッカー競技場である〈ジュゼッペ・メアッツア〉は異様な雰囲気に包まれていた。騒然としているのではない。それはこの場に於いては日常的なことだ。いつも熱狂したサポーターたちが群れ、そこに金の匂いを嗅ぎつけた商売人たちが集まって、さらに騒ぎを収める警官までもいるのがふつうだ。エネルギーに溢《あふ》れて、熱気に満ちた空気が充満しているのが常だ。

それが今、その日は本来ならば、地元ホームチームが近隣の宿敵チームとの決戦を迎えるはずの試合当日だというのに――収容人員８０，０１８名を誇る大スタジアムの観客席は、空っぽだった。客だけでなく、試合をするはずの選手たちの姿もない。

誰もいない。

晴れ渡った空のもとで、恐ろしいまでの静寂が、その空間に広がっていた。

その上を、飛行船がゆっくりと舞っている。試合が行われていないのに、まるでその競技場のピッチ上を撮影しているかのように、滞空している。

その飛行船の気嚢《きのう》には小さく目立たない程度にデザイン化された書体で〈スピードワゴン〉

と描かれている。

　その搭乗員たちは、誰もいないスタジアムを見下ろしながら、緊張した顔でうなずきあっている。そして手にした通信機で、どこかに連絡を取る。

「問題ありません――スタジアム周辺には誰もいません」


「了解した」

　その通信を受けた男は、他には誰もいないスタジアムの客席に姿を見せて、上空の飛行船に向かって手を振ってみせた。ちかちかっ、とライトが点滅して、彼の姿を確認したことを知らせてくる。

「それじゃあ、あんたたちは観察を続けてくれ。わかっていると思うが、オレに何かあったらすぐにトンズラしろよ」

〝了解しました。お気をつけて、グイード・ミスタ〟

　通信を切ると、その男――ミスタはブーツに手を伸ばして、そこに差し込まれていた拳銃を取り出して、慣れた手つきでかまえると、スタジアムの向かい側にある選手入場口に向かって声を張り上げた。

「ようし、いいぞ――出てこい、シーラE」

　彼の声は低いが透んだ響きがあり、オペラ歌手のようによく通った。

十秒ほど静寂が続いた後で、いつもならば試合に臨む者たちが精神を集中させながら現れるところから、ふたつの人影が頼りなげにゆっくりと歩み出てきた。

ひとりはシーラEと呼ばれた少女である。まだ生育しきっていないという感じの幼さの残る顔立ちをしているが、しかし異質なのはその眼差《まなざ》しだった。鋭い猛禽類のような、見据えるものすべてに急降下して噛みつき、まっぷたつに引き裂いてしまうような殺気が漲《みなぎ》っていた。顔には傷痕がいくつか刻まれているが、そのことを気にしている様子もない。

そして、そのシーラEに押されるようにして、肩を落とした少年が、ためらいがちに足をよろよろと動かしてピッチの芝生を踏んでいく。耳に付けたイチゴのピアスが不安定に揺れている。

シーラEと少年は、ミスタの前方、二十メートルまで近づいたところで、

「そこまで、だ――」

と命じられて立ち停まった。シーラEは掛け声で行進を停止する兵士のような機敏さで反応するが、少年の方は、びくっ、と痙攣《けいれん》したような動きをみせた。

ミスタの拳銃が、彼の方に向いていた。その銃口が顔面の中心を――眉間《みけん》と唇のあいだ、鼻筋のやや上方に、ぴたり、と狙いをつけられていた。

ふん、とミスタがかるく鼻を鳴らした。少年を見おろしつつ、唇を突き出すようにしながら言う。

「ひさしぶりだな、おい」

呼びかけられて、少年はぎくしゃくとした動作で顔を上げた。

少年を見つめるミスタの眼は、氷のように冷たかった。

「なあフーゴよ、おまえ、今までどうしてたんだ？」

「…………」

彼は答えられない。何を言えばいいのか、頭に何も浮かばない。

「こちらの調査じゃあ、おまえはここ半年ほど、バーでピアノを弾《ひ》いていたってことだが……なんだな、おまえ、ピアノなんか弾けたんだな。知らなかったよ。結構長いつきあいだったのに」

「…………」

「さすがに育ちのいいお坊ちゃんは違うな。色々とお上品な趣味をお持ちだな、ええ？」

「…………い」

言われたフーゴが、口の中で何かを呟《つぶや》いた。ミスタはすかさず、

「あ？　なんだって？　おめー今、何か言ったな——おい、言いたいことがあるなら、はっきり言えよ」

と訊《き》いてきた。フーゴは唇の端を引きつらせながら、

「——別に、なんでもない」

と強張《こわば》った声で返答した。しかし実際は、彼はこう言っていたのだ。

〝そんなんじゃあない。お坊ちゃんなどではない〟

と。ミスタはちょい、と眉を上げて、それ以上の追及はしないで、代わりに言った。

「なら逆に訊こうか。おまえ、オレに言うことがあるんじゃないのか。知りたいことがあるだろう？　いいぜ、答えてやるから質問しろよ。んん？」

「――――」

フーゴは数秒、口を閉ざしていたが、やがて意を決して唇を開いた。

「ほんとうに――死んだのか？」

その眼には耐え難い苦痛の色があった。それを見て、ミスタは眉をひそめて、シーラEに視線を移して、

「おいシーラE、耳をふさげ」

と命じた。彼女はすぐさま「はい」と即答し、そして指を両方の耳の穴にぎりぎりと、血が出るかと思うほどの力で突っ込んで、完全に外の音を遮断した。その徹底した忠実ぶりには、やや病的な印象さえあった。しかしミスタはそんなことにはまったく注意を払わず、フーゴに眼を戻して、

「ブチャラティが死んだことは、おまえも知っているようだな」

と静かな口調で言った。それを聞いて、フーゴの顔がさあっ、と青ざめた。

全身がぶるぶると震えだし、奥歯がかたかたと鳴りだした。急に吹雪が吹きすさぶ雪山の中に裸で放り込まれたような顔をしていた。それを見て、ミスタはさらに静かな声で、

「そして、ナランチャとアバッキオも死んだ。おまえ、あのときに言っていたよな——なんて言ったっけ？　憶えているか？」

「——」


〝あんたは現実を見ていない。理想だけでこの世界を生き抜く者はいない。この組織なくして、ぼくらは生きられない〟


——そう言ったことを、フーゴはもちろん憶えている。忘れられるはずがない。その直後に、彼は人生を懸《か》けていた人物と決別してしまったのだから。

それは軽率な行動だったのか？　事態を理解していなかった愚か者は彼の方だったのか？

その疑問を、彼はずっと抱えて今まで生きてきた。その答えの一端が今、目の前にいる。そのときに彼と決別した五人の中の一人が、彼の前に再び立っている。

「ミスタ——あれは、ほんとうなのか？」

震える声で訊《たず》ねる。およそ曖昧な問いだったが、ミスタはここでうっすらと微笑した。

「どうやら、おまえにも噂は届いているみたいだな。どういう風に聞いている？」

「それは――」

フーゴはちら、と横に立っているシーラEのことを見た。この話を彼女に聞かせたくないから、ミスタは彼女の耳を塞《ふさ》がせたのだ。そう、これから先の話には覚悟が必要になる。

「そう、ぼくはこんな風に聞いている……組織の、これまでは謎だったボスが正体を現した、と。その名は――」

「その名は？」

「ジョルノ・ジョバァーナ――それが秘密結社〈パッショーネ〉のボスの名で、年齢はわずかに十六歳――その幼さ故に、いらぬ反感を買うことを警戒して、これまで秘密にしてきたが、裏切り者が出てその正体を探ろうと、無関係の娘が巻き込まれる抗争にまで発展しかけたので、もはや隠している理由がなくなり、正々堂々と姿を見せることにした、と――でも」

「ああ、そうだな――おまえはそれが嘘だと知っているよな。なにしろ直前まで、おまえはオレたちと一緒にいたんだからな。そう――」

ミスタは拳銃の狙いを、一度もフーゴから外さないでずっと話している。

「本物のボス、ディアボロがブチャラティたちを殺す直前まで、な」

「………」

フーゴは喉がカラカラに乾いていることを自覚していたが、唾《つば》を飲み込むこともできない。

その彼にミスタは冷たい声で続ける。

「そうだ、ジョルノは最初からボスを倒して組織を乗っ取るつもりで入団し、ブチャラティもずっとそれに協力していたんだ。言われてみれば、って感じだったよな。おまえも思い当たる節《ふし》があっただろ？　チームに引き合わされた時点でジョルノはタダモノじゃあなく、ふつうの新入りとはオーラが違っていたし、ブチャラティの彼に対する態度も、下っ端相手っていうよりも信頼するパートナーみたいな感じだったな、って――ジョルノはオレに、二人の関係はあくまでも対等だったと言ってるが、オレの印象としては違う。ブチャラティはジョルノの、事実上の部下だった。なんというか、気持ちがそうだった。ジョルノの夢を叶えるためなら生命《いのち》を捨てる覚悟があった――そして、それを果たして、ディアボロと相討ちになって、死んだ」

「…………」

「ジョルノの行動は的確で、素早かったよ――あっという間に組織を統率しちまった。そりゃもう、見事なもんだったぜ。おまえが聞いている噂も、この辺の話だろ？　かなり大っぴらにやったからな」

「ああ――そうだ。それまで隠れていたギャングのプリンスが、裏社会の清浄化に動き出した、って――都市伝説みたいになってる。そしてミスタ、君がそのナンバー2だと言われている」

「ああ、その辺はちょっと違う。あれだろ？　凄腕の拳銃使いが副長だ、って話だろ？　実際は違う。ナンバー2はポルナレフだ。オレはナンバー3だよ。考えてみろよ、2って数字は、掛け合わせると4になっちまうだろ？　4って数字は縁起が悪い――オレがそんな不吉なものに近寄るわけないだろ？　3ならその心配はない。んん？」

ミスタは少し戯《おど》けたように言った。

「――ポルナレフ？　フランス人か？」

「おまえの知らない男だよ。そして、その名を知ったトコで意味のないヤツだ。おまえでは調べようがない」

「………」

フーゴは、おそらくは重大な秘密であろう事実を教えられたことで、あらためて自分が連れてこられた意味を考えた。

ボスを殺して組織を乗っ取る――そんな途方もない行動にはとてもついていけなくて、ブチャラティのチームを離れた彼のもとに、新たなる組織の使者シーラEが隠れ家へやって来たのは昨日のことだった。いつかはこの日が来るのではないか、と思っていたが、しかし――予想以上だった。

（これは――かつてのボス以上の権力だ……）

半年前までの〈パッショーネ〉は確かに強大な勢力を誇る犯罪結社で、大企業に警察、政府高官にまでも多額の賄賂と脅迫を重ねることで支配力を持っていた。

だがこれは――桁《けた》が違う。

彼をこのUEFA五つ星スタジアム〈ジュゼッペ・メアッツァ〉に呼び出す――そのために、

数万人の観客を追い出して無人にするためだけに、世界中のテレビ局と放送権契約しているはずの試合を延期させるのに、どれほどの影響力が必要なのか、それは単に偉い政治家の口利き、などというレベルではとても追いつかないものであることは確かだ。もはやかつての組織とは比較にならない。それにあの、上空にいる飛行船は〈スピードワゴン財団〉のものだ。世界でも有数の総合研究機関の協力まで得ている。どうやって味方にしたのか、フーゴには見当もつかなかった。そしてあの飛行船が研究対象として監視している者は、もちろん――

（ぼく、だろう――他にいるわけがない）

フーゴは、自分を鋭い眼で見つめ続けているミスタと、シーラEの視線に痛みを感じ始めていた。

「なあフーゴ、おまえ今、どう思っているんだ？」

ミスタがとうとう、その質問をしてきた。

「おまえは、自分を裏切り者だと思うか。ブチャラティたちを見捨てた薄情者であることに、罪悪感を持っているのか」

「…………」

「こーゆーのはナンだが、よ……おまえは正しかったとも言える。現にブチャラティたちは死んじまった。同行しなかったおまえだけが生き残っている。オレみてーに、特別な、幸運の星の下に生まれついたラッキーなナイスガイはかろうじて助かったが、それが期待できないおまえみたいな半端なヤツでは、とても無理だったろうしな。ディアボロとジョルノの凄まじい戦いの中で生存できた可能性はゼロだったはずだ。オリコーさんだったからな、おまえは。その辺の判断はさすがだったよ」

「…………」

「だから、それはいいとしよう——今だよ、問題なのは。今はどうなんだ？　おまえはどういうつもりでいるんだ？」

「…………」

フーゴが押し黙っていると、ミスタは耳の穴から指を抜け、というジェスチャーをした。シーラEが、すぽん、と耳を聞こえるように戻して、姿勢を直す。

いつでも攻撃できる、臨戦体勢に入った。するとミスタは静かな声で、

「フーゴ——出せ」

と言った。その言葉を聞いて、シーラEの眼がさらに鋭くなり、フーゴの顔がますます青くなる。

「出せよ——おまえの〈パープル・ヘイズ〉を」

「…………」

フーゴは奥歯を噛み締めていたが、やがて言われた通りにした。

一瞬、フーゴの姿が陽炎《かげろう》の中にいるかのように二重にブレた。

そして――そのブレだけが、前に歩み出てくる。

それは喩《たと》えるならば、生き霊が肉体から離れて、勝手に歩いているというようなものであろうか。フーゴから、もうひとつの人格が分離して〝かたち〟になっている――それがフーゴの〝能力〟だった。

それはツギハギの身体に、見開かれて血走った眼を持つゾンビの如《ごと》き姿をしていた。

〈パープル・ヘイズ〉――そう名付けられている。

世にもおぞましい、フーゴだけの能力であり、もうひとりのフーゴ自身だった。


『ぐぁるるる……じゅしゅるるる……』


〈パープル・ヘイズ〉は何が不満なのか、つねに歯軋《はぎし》りをしている。その口からは涎《よだれ》がだらだらと流れ落ち続けている。

フーゴは、そいつの姿を見るのが嫌いだった。あまりにも気味が悪い、といつも思っている。

だがミスタは、その姿の気色悪さには何の反応も見せずに、

「さて――フーゴ」

と拳銃をかまえたまま、静かに言う。

「なんでおまえが、この場所に、この真っ昼間の時間に呼び出されたのか、わかっているか

な」

「――――」

「フーゴ、おまえの能力はすげえ危険だ――その〈パープル・ヘイズ〉が撒《ま》き散《ち》らす〝殺人ウィルス〟とでもいうべきパワーにいったん感染したら、どんな生物でもぐずぐずに腐らされ、溶かされて死んじまう――ガードは不可能。感染をコントロールすることもできない。見境なしの、剝《む》き出《だ》しのキレた殺意だけが襲いかかってくるようなもんだからな」

「――――」

「だがその〝ウィルス〟が光に弱いことを、オレはもう知っている――そして射程距離はせいぜい五メートル程度しかないってことも。わかっているよな？」

「――ああ、わかっている」

「そうだ――この場所、この環境、この距離――この状況下では、おまえの〈パープル・ヘイズ〉は、オレの〈ピストルズ〉には絶対かなわんということだぜ」

ミスタは銃をかまえ続けている。それ自体はただの拳銃であり、込められているのもふつうの銃弾だが――フーゴには見えている。

自分とミスタの間の空間に、小さな妖精のような姿をしたものがふわふわと浮かんでいるのが。

それがミスタの〝能力〟だった。発射した弾丸を、思いもよらない軌道に変更して、相手の如何《いか》なるガードをもすり抜けて急所に、確実に直撃させる能力。

フーゴがいくら〝ウィルス〟を撒き散らしても、二十メートル先のミスタには届かないし、これだけ遮蔽物がなく、直射日光が燦々《さんさん》と降り注いでいるスタジアムの中では、たちまちウィルスは殺菌されて無害化される。

無関係の人間を巻き込まず、かつ確実にフーゴを即死させられる間合いであり、状況なのだった。

（そして――）

フーゴは斜め後ろに立っているシーラEの視線を感じ続けている。

この少女は完全なる〝捨てゴマ〟だった。もしも計算外の行動をフーゴが取ったとしても、彼女がフーゴに飛びかかることで動きを停めるのが役目だった。もちろんウィルスに感染して死ぬことなどとっくに覚悟している。生命を捧げることになんのためらいもないのだ。それは最初からわかっていた。彼女には、そういうただならぬ気配があった。

包囲は完成していて、逃げ場はどこにもない。

「わかっているよ、ミスタ――」

フーゴは声の震えを自覚しながらも、なんとか口に出す。

「君がぼくを殺す気ならば、とっくにやっているだろうってことは」

「フム……？」

ミスタはフーゴの素直な言葉に、かすかに眉をひそめた。

「どうした、らしくないいんじゃあないのか。追い詰められたらすぐにキレて、何もかもを無茶苦茶にするのがおまえの性格じゃあなかったのか？」

「………………」

「いや、実のところ、おまえがブチャラティについてこなかったとき、オレはホッとしていたんだよ。だってそうだろ？　おまえがキレちまって、無制限にウィルスをばらまいて、その巻き添えになって死んだら馬鹿馬鹿しいもんな。なあ？」

侮辱している。それは間違いない。しかし、これは明らかに、

（ワザとだ――挑発して、ぼくが抵抗することを願っているんだ。そうすれば、なんの容赦もなく、遠慮なくぼくを射殺できるから――ミスタには自信があるはずだ。シーラEを巻き込まずにぼくを即死させられる、と）

フーゴはここに至って、やっと――確信できた。ここに連れてこられた意味を認識した。

彼はゆっくりと息を吐いて、そして言う。

「無制限じゃあないよ」

「あ？」

「ぼくのウィルス攻撃は、六回までだ。〈パープル・ヘイズ〉の拳《こぶし》についているカプセルがそれだけしかないから、およそ一日に六回までしか攻撃できない。それは、君も知っているだろ

う？」

　その落ち着いた声に、ミスタはやや眼を細めた。彼にもフーゴが悟ったことがわかったのだ。

「もう一度だけ訊くぞ、フーゴ。おまえは今、どういう風に思っている？」

「ぼくは〈パッショーネ〉を裏切ったことは一度もない。違うかい、ミスタ」

「なるほど――」

　ミスタは口を尖《とが》らせて、そして大きく息を吐いた。

「モノは言いようだな。だがさすがに頭は回るようだ。それならおまえがこれから何をしなきゃならないのか、わかるな？　おまえはジョルノに対して、あらためて忠誠を誓う資格を得るために〝証明〟をしなきゃならんってことを」

「証明――」

「オレたちの敵ではないということを証明するために、おまえはオレたちの敵を殺してこい――それができなかったら、あらためてオレがおまえを殺す」

　その言葉にはまったく不自然な響きがなかった。威嚇《いかく》もなければ、誇張もなかった。事実を淡々と告げているだけだった。

　命令――そこには揺るぎない威厳があり、もはやこの男は、半年前まではフーゴと同じようなギャング組織の下っぱのチンピラだった過去から遠くにいた。遥かに高いところに行ってしまった。歴然たる格差が生まれていた。

「――――」

フーゴは奥歯がかたかたと鳴りそうになるのを、必死で噛み殺していた。蛇に睨《にら》まれたカエル以下の気分だったが、少なくとも今すぐに処刑される訳ではないことだけは確かだった。

また生き延びた――。

それは安堵していいことのはずだったが、しかしフーゴはこのとき、何故か――ひどく不快だった。胸の奥から苦い感情があふれ出てきて、それを抑えるので精一杯だった。全身に刺々しくささくれだったモノが充満していくような、それは火で炙《あぶ》られているかのように熱くて、同時にぞっとするほどに冷たい感覚だった。


『ガァるるるるる……』


出したままだった〈パープル・ヘイズ〉が突然、身震いするような唸り声をあげたので、フーゴはぎくっ、と我に返った。ミスタが眉をひそめて、

「もういいぜ。そいつを引っ込めな」

と言ったので、フーゴはその分身を自分の裡《うち》へと戻した。

背後でシーラEが、ふん、と馬鹿にしたように鼻を鳴らした。

「自分のモノなのに黙らせとくこともできないなんて、どれだけ自制心がないのよ、あんた

は？」

フーゴは言い返せなかった。するとミスタがとりなすように、

「今からモメるんじゃあねーよ。これからおまえたちは、一緒に任務に就くことになるんだからな」

と言ったので、フーゴは「え」と驚きの声を上げてしまった。

「この娘と？」

「もちろん、二人きりじゃあない――他にも付けてやる。単独で殺《や》れるようなアマっちょろい相手じゃないんでな」

「相手……」

「標的はひとりだが、しかしこいつはチームに守られているから、こちらもチームで行かないと勝ち目はない。集団戦、それが基本だ」

ミスタは鋭い眼でフーゴを睨む。それは相手の一筋縄ではいかない強大さを表していた。フーゴは背筋が寒くなるのを感じつつ、訊ねた。

「チーム、というと……それはもしかして」

ミスタはうなずいて、

「そうだ――旧〈パッショーネ〉の負の遺産である〝麻薬チーム〟の連中だ」

と言った。

＊

ほぼ同時刻――メッシーナ海峡に面した港ヴィラ・サン・ジョヴァンニの隅にある倉庫の中で、既に状況は動いていた。

「う、ううう……」

男の呻《うめ》き声が、がらんと広がった薄暗い空間に響いている。

その男の前には、ひとりの少年の姿があった。

痩《や》せこけた頰に、びっくりするほどに大きな眼をしている。その瞼《まぶた》といわず唇といわず、いたるところに傷痕が走っている。

古い傷ではない。そのほとんどがまだカサブタに覆われていて、生々しい色をしている。

そして……少年が手にしている短剣が今、そこに新しい傷をもうひとつ付けていく。

自身の手で、己の額に傷を付けていきながら、少年は、

「き、ききき、きききききき――ききい」

と自分の口で擬音を発している。その表情にはどんよりと生気がなく、瞳の焦点も合っていない。そしてある程度、皮膚に刻みを入れ終わったところで、

「現代人、ってよぉ――足りないらしい」

ぶつぶつと何かを呟《つぶや》き始める。

「色々と足りないッつーんだよ……な。いや、栄養とか運動とか、そーゆーんじゃあなくて、原始人とかと比べると、とにかくその、セーカツつーの？　ニチジョーつーの？　そーいったモンの中に、とにかく足りないらしいんだよな……そう」

かかっ、と急に喉が鳴った。ぼっ、と何かが飛び出す。痰《たん》のように見えたそれは、喉の内側にあった傷を覆っていたカサブタだった。

「そう——生命、生きているって感覚が足りねーって説があるらしい。いやマジで、ホントに、掛け値無しのマジな話で」

口から血をだらだら流しながら、少年は平然と喋り続けている。

「そーするとどーなるかッつーと、な——こっからよ、こっからがホントにマジな話だぜ。生命パワーが足りなくなっていった生物は、間違いなく絶滅しちまうらしい——だからよ、パンダっているだろ。あれ、もー駄目らしい。笹ばっかり喰ってて、他のものを喰わないッつー偏食がもー決定的に絶望らしい。でも人類も結構ヤバイらしいぜ。ヒトが必死で文明とか築いているのは、生命パワーが種切れになってるのをゴマカシてるって説もあるくらいだ。いや、誰が言ったとか、そんな細かいことは知らねーけどよ。で——それでオレはよ、そーゆーのを避けるために、こーして……」

きききき、とまた新しい傷を自分に付けていく。

「つねに痛みという実感をテメーに加えることで、生命を呼び起こしているってワケだよ。なにしろ、そーしねーと絶滅しちまうからなぁ……絶滅はしたくねーからなぁ——」

「…………」

「で——なんだっけ？　あんた——ハーレーだっけ？　ホーレーだっけ？　ああ、サーレーか。そういう名前だったたな、あんた——」

少年は、目の前の男に向かって馴れ馴れしい口調で話しかける。

「——ぐ……」

サーレーという男の方は、全身から冷や汗をかいて、眉間《みけん》には険しい皺《しわ》を刻んでいる。緊張の極みにある。彼もまた〈パッショーネ〉の構成員であり、かつて組織の幹部ポルポの遺産をめぐってジョルノやミスタたちと対立してしまった過去がある。フーゴ同様に、そのマイナスを挽回するために指令を果たさなければならない立場にある。

「しっかし、なんだな——サーレー？　なんかずいぶんとしょっぱい名前だな。うん、しょっぺーよ、あんた——うはははははははははははははははははははははははははははははははははははははッ！　サーレー！　しょっぺえ！　やべえ、すげーウケるんだけど！」

傷だらけの少年は唐突に脈絡なく、いきなり爆笑しだした。サーレーが返事をしないと、少年はふいに笑いを停めて、そして真顔になり、

「——おい、おめーに話してんだぜ、オレは——このビットリオ・カタルディがしゃべってやってんのにシカトぶッこくたあ、どーゆー性格してんだコラ……！」

「………」

「ええ？　どっちが正しいと思う？　礼儀を守って、きちんと筋道立てて話しかけてやってるオレか？　それとも無礼にも黙りこくって何も返事しないテメーか？　いやこいつはどーしたってオレの方が正しいよなあ？　文句なくそーゆーことにしかならねーよなあ？」

「………」

「あ？　文句あんのか？　文句あるなら――出してみろよ、テメーの能力を。そのご自慢の〈クラフト・ワーク〉とやらを、このオレにぶち込んでみせろや……！」

ビットリオは、自分よりも一回りは年齢が上であろうサーレーに対して、まったく物怖《ものお》じせずに挑発する。

「………」

その年下の少年に対し、サーレーは全身の毛穴が逆立っている。彼とていくつもの修羅場をくぐり抜け、ミスタと対戦しても死ななかったくらいの不死身ぶりを誇るはずの男であった。

それが――今、心底恐ろしい。

目の前の少年のギョロリとした瞳が、彼を見つめている。そこには何かが欠落していた。

人類がどうの、文明がどうのというくせに――そこには未来がない。

自分は将来、こういう風になってやるというビジョンがない。夢も希望も、情熱もない。ただ――口先の言葉だけの〝敵意〟のみがごろりと転がっているようだった。

（こ、こいつ――これで本当に、何百億という莫大な利益を生み出す〝麻薬チーム〟の一員だというのか……？）

サーレーには信じられなかった。それは旧〈パッショーネ〉の中で最もオイシイ思いができて、うまい汁をススり放題だったはずのチームではないのか。のし上がりの極みのようなモノで、金も女も手に入れ放題で、何でも好きにできる立場であったのではなかったのか。

ここにいるのは、何の知略知謀もなく、目先の苛立《いらだ》ちにのみ固執する、短絡的で視野の狭いガキに過ぎなかった。それに――

（――うう）

サーレーの視界に入っているのは、ビットリオだけではなかった。その向こう側にもうひとり――さっきからぴくりとも動かず、じっとしている人影がある。

びっくりするほどに肌が白く、唇までも白く、かすかな赤みは滲《にじ》んでいるようで、輪郭がぼんやりとしている。

虚ろな眼を何もない宙空に向けて、半開きの唇から、聞こえるか聞こえないかぐらいのかすかな声で、なにやら口ずさんでいる。

ら、らら――ららら、らら、ら……

それは『しゃれこうべの歌』として知られている有名な民謡だった。だが本来ならばリズミカルに速い旋律《せんりつ》が、だらだらと間延びしているのでとてもルーズに聞こえる。

少女である。

伸ばしているというよりも、切ることを忘れているだけという感じの長い長い髪が床にまで垂れている。

ぺたり、と地面に座り込んでいるその身体は、枯れ木のように細い。真っ白い首は不安定にぶらぶら揺れていて、今にも折れてしまいそうだった。

ら、らら、れろれら、れ、らら……

彼女の名は、アンジェリカ・アッタナシオ。

能力名は〈ナイトバード・フライング〉――ただ小さな小鳥が飛んでいるだけにしか見えない、破壊力ゼロの能力。

しかしそれが、サーレーと相棒のズッケェロを、この死の場所へと導いてきたのだった。

「ぐ、ぐぐぐ――」

サーレーはアンジェリカを睨《にら》みつけた。しかし彼女の方は、まったくサーレーに注意を払っていない。不敵なのではない。そういう認識ができないのだった。

口から、つうっ、と涎《よだれ》が流れ落ちる。そこにはうっすらと血が混じっている。口腔内の毛細血管が切れているので、つねに出血しているのだ。

少女は、どう見ても重度の麻薬中毒であった。

「――ぐ、ぐぐぐ……！」

未来のことなど考えもしない思慮の浅いガキに、そもそも先が存在しそうもないジャンキーの小娘――そんな滓《かす》としか思えない相手が今、自分を追い詰めている――そのことにサーレーは怒りを抑えきれなかった。

噛みしめた下唇が破れて、血が流れ落ちている――しかしその痛みを、サーレーは感じない。

怒りのあまりに、ではない。

彼は既に〈ナイトバード・フライング〉に汚染されていて、痛覚が消されてしまっているのだった。

さっきから足下がおぼつかない。必死で踏ん張っていないと、すぐ転んでしまいそうだった。めまいが延々と続いていて、平衡感覚が失調していた。

複雑な動きはできない――もはや小細工を弄《ろう》することは不可能だった。

全開で突撃するしかない。サーレーはビットリオを睨みつける。

「き、きききききき、きききい――」

少年はまた新しい傷を自分の身体につけている。その短剣は、まるで鏡のようにぴかぴかしていて、その刃にはサーレーの姿が映って見えた。

（あの、短剣――）

サーレーは、ずっとあの短剣が気になっている。ミスタが拳銃使いであるように、このビットリオはナイフ使いだ。しかし能力で戦う以上、単なる刃物では勝負にならない……いったいあの短剣には、どのような性能が秘められているのか？

サーレーの〈クラフト・ワーク〉は触れたものを〝固定〟できる能力である。弾丸を撃ち込まれても、刃物を突き立てられても、皮膚の皮一枚のところでその攻撃してきた物を〝固定〟してしまえば、いくらでも防御できる。だから短剣など恐れるに足りないはずだ……そのはずだ。

（そうとも――何を恐れる必要があるッ！）

彼はこのとき、既に冷静な判断力を失っていた。強力な能力を持ちながらそれに溺《おぼ》れず、危険だと思ったらすぐに身を退《ひ》く慎重さが彼をここまで生き延びさせてきたというのに、このとき――彼はそれを喪失していた。


ら、らら、れらられら、れららら……

『しゃれこうべの歌』をうたうアンジェリカと同じように、物事を深く考えることができなくなっていた。

そんな彼に、傷だらけのビットリオが冷たい眼を向けてくる。そして言う。

「来い……おまえの能力と、オレの〈ドリー・ダガー〉と……どっちがより正しい存在か、ハッキリさせようじゃないか……ッ！」

ぴっ、とその短剣の切っ先が少年の身体から離れた瞬間に、サーレーは地面を蹴って突進していた。

短剣を刺してくるなら、あえて刺させてやるつもりだった。そこをすかさず〝固定〟して、そのまま能力を相手の肉体そのものにブチ込む——しかし、サーレーがいくら接近しても、その短剣は彼の方に向かなかった。

刃物で攻撃する気がないかのように、ぼんやりと立っているだけだった。防御の構えも何も取らない。異常で、不自然だったが、しかしサーレーはもう、後には退けない間合いにまで飛び込んでいる……そのまま無抵抗の相手の、その胸のど真ん中に拳《こぶし》を撃ち込む。

その心臓を〝固定〟する——即死。相手はもうそれを避けることができない。

勝った——そう思った瞬間だった。

……どん、

と少年の足が上がって、サーレーのことを蹴り飛ばしていた。

サーレーは吹っ飛ばされて、地面に転がった。

馬鹿な、と思った。確かに胸にぶち込んでやったのに——と思って見ると、少年は確かに胸を押さえて、苦しそうな顔をしている。

「う、うおお——」

脂汗をかいて呻いている。しかし即死ではない。いったいどういうことか——と思ったところで、サーレーは奇妙なものが視界に入っていることに気づいた。

自分と、ビットリオとの間の空間に——なにかが浮かんでいる。

ピンクと赤の中間のような色をした、妙にてらてらとした物体が、ぽつん、と浮いている。

肉の質感をしている。それも内臓の質感をしていて——引き締まっていて丸っこいそれを、サーレーは知っていた。

（心臓——）

身体から飛び出した心臓が空中に〝固定〟されていた。

（……って——誰の……？）

サーレーの首がここで、勝手に下を向いた。もはや身体が力を失って、頭の重さを支えられずに曲がったのだ。そしてそこで彼の眼に入ってきた光景は、ぽっかりと穴の開いた己の胸だった。

　サーレーの加えた攻撃が、彼自身に跳ね返ってきていたのだった。しかしもう彼はそのことをじっくり考えることはできなかった。心臓を失った肉体は急速に血流を衰えさせて、意識はあっというまに暗黒の底に沈んでいって、二度と目覚めることはできなかった。

　ぽとり、と空中に〝固定〟されていたサーレーの心臓が下に落ちた。

「う、うおお、おおおおっ……！」

　その間にも、ビットリオは苦しそうに胸を押さえていたが、すぐに彼は倉庫の外にいるはずの仲間を呼んだ。

「——マッシモ！　おい、マッシモってばよッ！」

　その呼びかけに応じて、倉庫の扉が、どん、と力任せに吹っ飛んで開いた。外の光が射し込んでくるのと共に、長身の男が、ぬっ、と姿を現した。

　その手には、なにやらビニールのようなものをずるずると引きずっていたが、ビットリオが苦しんでいるのを見ると、それを捨てて、

「なんだ——また無茶したんだろ、どうせ」

と言った。すきま風のような声だった。

「いいからッ！　心臓だよッ！　なんか鼓動が変になってるッ！　停まりかけてるッつーか——三割停まってるッ！」

「だから言ってるだろう、ビットリオ——おまえの〈ドリー・ダガー〉が反射できるのはダメ

ージの七割までだ、ってな。あまり不用意に相手の攻撃を受けるんじゃない」

叱りながらも、長身の男は少年の前にやってきて、その胸をやや乱暴に、どん、とドツいた。

ビットリオはたまらずにコケる。

「きゃはははははは、はははッ——」

アンジェリカの衰弱した笑いが倉庫に響いた。

「うう——くそッ、もっと優しくしろよッ……！」

文句を言いつつも、身を起こしたビットリオはもう苦しんでいなかった。男に触れられたら、身体の機能不全が一瞬で回復してしまったようだった。

男はビットリオのことは無視して、アンジェリカの方に歩み寄ってきて、

「これで、終わりか？」

と質問した。少女はうなずいて、

「うん。この辺にはもう、他の人はいないよ……誰もいない。あたしたちを見ている人はいない……」

と答えて、男が捨てたビニール状の物を指差して、

「後は、あれだけだよ——」

と言った。男は「うむ」と視線をそれに戻す。ビットリオも、

「ああ、そいつがアレか。ズッケェロってヤツの方か。なんだっけ、物体をぺらぺらにできる

能力だっけ？」

と言いながら、その薄っぺらい物の側まで歩いてきた。

それはよくよく見れば、人のかたちをしている。人形になる風船の空気を抜いたような――

それはびくびくと痙攣《けいれん》している。

「でもよお、大抵の能力ってのは自分には使えないんだろ。コイツは自分もぺらぺらにできるんだな」

「そうだ。それでそのぺらぺら状態なら、すごく狭い隙間に入り込んで接近できるというワケだ――そうやって、サーレーと一緒にオレたちに近づいてきていたんだ」

「ははははッ、残念だったたな。こっちにはアンジェリカがいるんだから、どんなヤツであっても忍び寄ってくることなんかデキっこないんだよ」

ビットリオはそのぺらぺらに足を載せて、ぐりぐりと踏みつけた。

「うわ、気色わりいな。どくんどくんいってやがるぜコイツ」

「ぺらぺらになってても脈は打っているからな。オレの〈マニック・デプレッション〉を喰らって、もはや自分で自分の肉体を制御できなくなっているが――」

長身の男は、自分が再起不能にした相手を冷たい眼で見下ろしている。

マッシモ・ヴォルペ。

それが男の名前であり、そして――ジョルノ・ジョバァーナが抹殺対象リストのトップに挙げている最も危険な男だった。こいつを殺せさえすれば、他の者は逃がしてしまってもかまわないほどに、この男だけが特に問題なのであった。

しかし、見た目そのものは物静かな印象である。むしろ影が薄いといってもよいくらいだ。イタリア人なのだが、骨格に尖《とが》った印象があり、どちらかというとアイルランド系イギリス人のようにも見える。鼻筋が細く、目も眉毛も細い。

そのマッシモをさしおいて、ビットリオの方がズッケェロの残骸《ざんがい》をあれこれ弄《いじ》っている。

「能力が解除できなくなってるのはいいとしてよ、これでコイツを拷問《ごうもん》できんのかな？　まだ喋れんの？」

「さあな――どちらにせよ、もはやどうにもならないが」

「おっかねえ能力だよなー、マッシモの〈マニック・デプレッション〉はよー。〝行き過ぎ〟が基本なんだからなぁ――」

そのとき、彼らのところにもう一人やって来た。老人だった。

「いい加減にしろ、マッシモ――何度も言っているだろう。おまえはあまり戦うんじゃない。この程度のザコは私とビットリオに任せて、おまえはアンジェリカと一緒に守られていればいいんだ」

老人の顔面には深い皺が刻まれていたが、背筋はぴんと伸びていて、動作もきびきびと冴えていた。

「あーッ、コカキぃ――」

　アンジェリカが嬉しそうな声を上げて、ふらふらと老人の側に寄っていき、猫がなついている主人に甘えるときのようにその身体にしなだれかかりながら彼の腿《もも》のあたりに頭を擦《こす》りつける。そんな彼女を老人は優しい手つきで頭を撫《な》でてやるが、視線はあくまでもマッシモの方に向いている。

「わかっているのか？　マッシモ、おまえがこのチームの要《かなめ》なんだぞ。我々のチームは、おまえのためだけに存在しているんだ」

「リーダーはあんただ、ヴラディミール・コカキ。オレはあんたの指令に従うだけだよ」

　マッシモは肩をすくめながら、どこか投げやりに言った。

　コカキ老人はため息をついて、

「まったく――おまえには自覚がなさ過ぎる。世界の支配者としての自覚がな。おまえの能力さえあれば、すべての人間の上に君臨することが可能だというのに」

「それはあんただろう。あんたの〈レイニーデイ・ドリームアウェイ〉に勝てるヤツなどいるとは思えないな」

「ねねね、オレのは？　オレの〈ドリー・ダガー〉も相当スゴくね？」

「あはははははー、あたしたち、すごいんだねえ――」

　鋭いが既に老いた年寄り、投げやりな男、思慮の浅い少年、そして麻薬中毒の少女。この四人が現在〈パッショーネ〉が血眼《ちまなこ》で捜している〝麻薬チーム〟の全員だった。

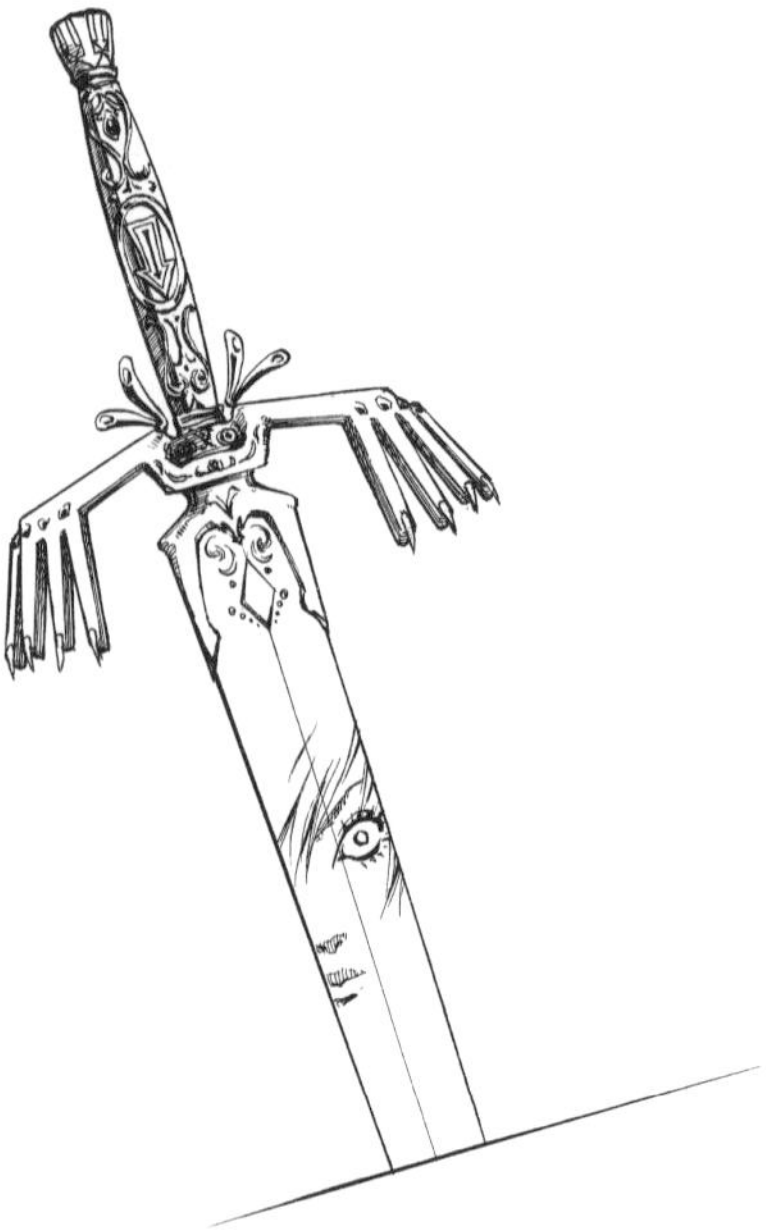

スタンド名＝ドリー・ダガー
本体＝ビットリオ・カタルディ（16歳）

破壊力＝A	スピード＝A	射程距離＝C
持続力＝A	精密動作性＝B	成長性＝C

能力＝自分を傷つけるとそのダメージの七割を、刀身に映り込んだものに転移させられる（三割は喰らってしまう）。ナポレオン時代の古い短剣に取り憑いた実体化スタンド。銃撃でもウィルス感染でもダメージは返せる。自分は悪くない、責任転嫁したいという強い想いが生み出したスタンド。

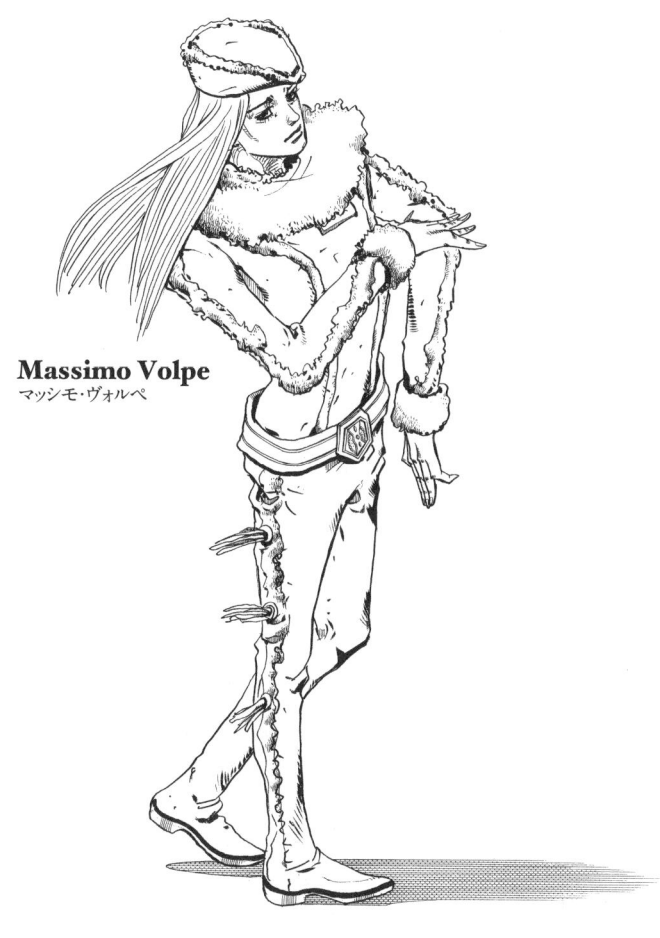

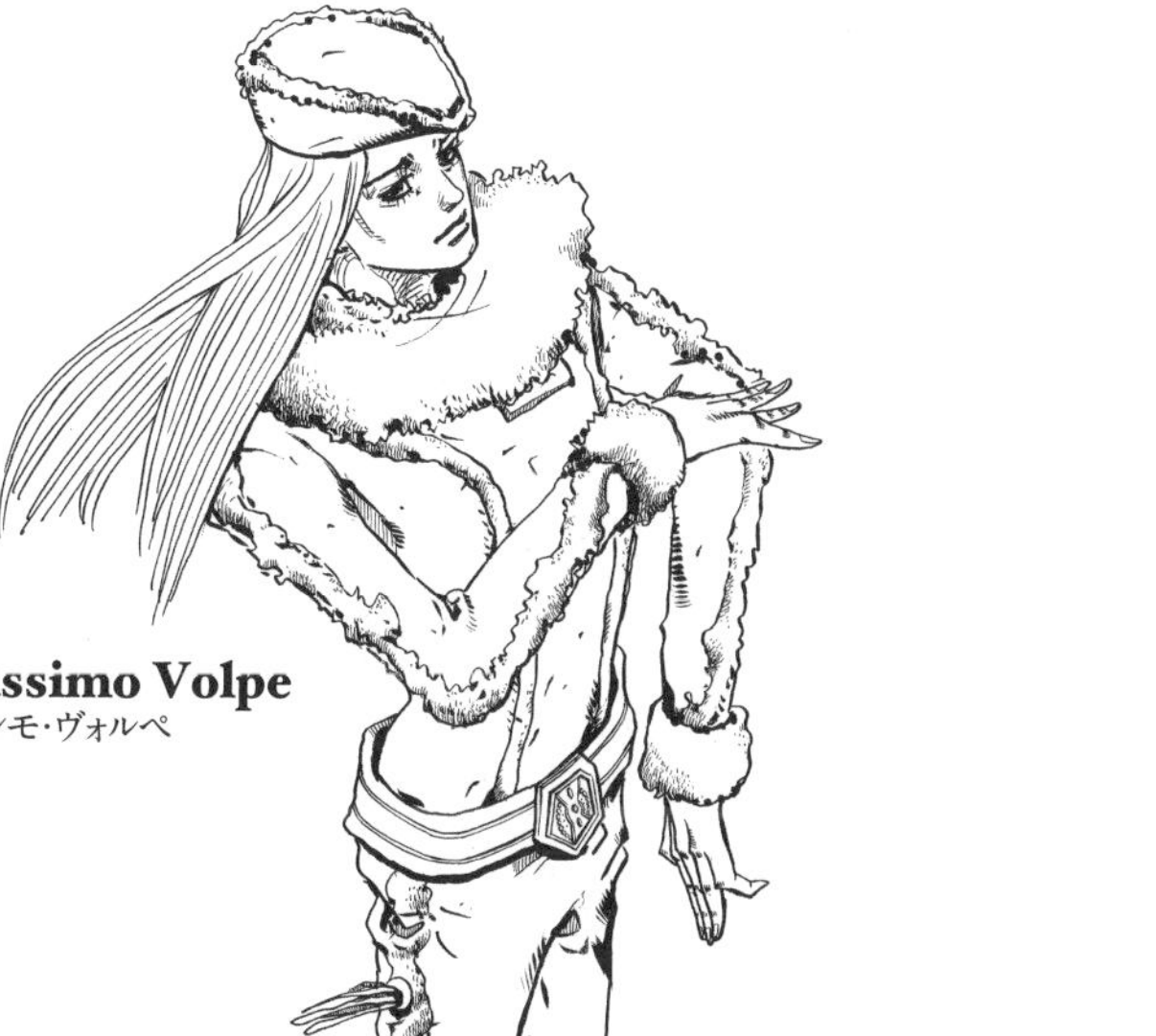

Massimo Volpe
マッシモ・ヴォルペ

II. me voglio fà 'na casa 塔を建てよう

かつてフーゴのことを、敵対していた暗殺チームの男イルーゾォが、調べた資料をこんな風に読み上げたことがある。

『一九八五年ネアポリスの裕福な家柄の生まれ。ＩＱ一五二という高い知能を持ち、弱冠十三歳の時すでに大学入学の許可を与えられるが、いかんせん……外見に似合わぬ短気な性格のため、教師との人間関係がうまくいかず、ある教師を、重さ４kgの百科事典でメッタ打ちの暴行……以後、落ちに落ちてブチャラティんとこの下っぱとなる』

この説明は間違ってはいないが正確ではない。大学入学の許可を得たことは確かだが、それは知能を認められてのものではなく、金で資格を買っただけのことである。

フーゴ家は、昔ながらの名家というわけではなかった。違法すれすれの貿易と、第二次大戦の寸前にアフリカ諸国を相手にした投資をさせるだけさせて貸し主を破産させるというあくどいやり方でのし上がった成金にすぎない。

「なんとしても貴族になるッ」

という下層階級出身者である祖父の野望を果たすために、フーゴの父は破産した貴族の娘と結婚させられ、それで生まれた子供の中の三男坊がパンナコッタ・フーゴである。

上の兄二人は取り立てて見るところのない凡庸な人間だったが、彼だけは幼少の頃から光るものがあった。

そのため、この息子をひとかどの名士にしようという祖父からの寵愛《ちょうあい》と、同時に強制が彼には加えられた。

習わせられるものはすべて習わされ、そのほとんどで天才的な能力を見せた彼には、徹底的な英才教育が行われた。

彼はとても優秀で、ほとんどのことをマスターしたが、優秀すぎてどうしても〝あること〟に気づかされることになった。

それは〝限界〟ということだった。自分の才能の限界もあるが、それよりも学問や芸術の〝限界〟の方が大きく感じられた。

音楽はバッハやモーツァルトで終わり、彫刻や絵画はミケランジェロやダ・ヴィンチで終わり、建築はスカモッツイやベルニーニで終わり、数学はガウスやオイレルで終わってしまっている。

（何百年も前に究《きわ》められてしまっているのならば、今さら自分たちに何ができるというのか？）

そう思うと、子供ながらげんなりする感覚が消えないのだった。しかも彼にそれを教える教師たちにそのようなことを言おうものならば、生意気なヤツだとして遠ざけられるのが常だった。

それに彼は、周囲からは常に軽蔑《けいべつ》されていた。周囲の者たちは皆身分の高い者ばかりで、金で貴族になった卑《いや》しい身分の出だと、自分よりも遥かに劣る知性の持ち主たちに馬鹿にされるのも不快でならなかった。

そんな彼の心の支えは、優しい祖母の存在だけだった。

「いいかい、かわいいパニー。どんなに辛くても苦しくても、きっと神さまがおまえのことを守ってくださるよ」

いつもそう言ってケーキを焼いてくれる祖母だけが、彼にとって安らぎを与えてくれる人だった。だがこの祖母は、フーゴ家の中で軽んじられていた。まだ祖父が金持ちになる前に結婚した貧農の小作人出身である彼女は、家が成り上がっていく際に取り残されていったのだ。もしイタリアがカトリック社会で離婚は罪だということになっていなかったら、とっくに切り捨てられていたはずの存在だった。

しかしこの祖母だけが、一家の希望の星であるはずのパンナコッタ・フーゴにとって、心からの言葉を言ってくれる人だった。父母の仲は最悪であり、兄たちは優秀な弟をねたんで、大人の目がないところではいつも彼のことを陰湿に苛《いじ》めていたのだった。それでも彼が我慢できていたのは、祖母の哀しむ顔を見たくなかったからだ。

しかし——その祖母が死んだ。

そのときにはフーゴはもう、故郷から遠く離れたボローニャ大学に入っていて高等教育を受け始めていた。

彼は飛んで帰って、祖母の葬式に出るつもりだったが、これを祖父が禁じた。その必要はない、というのだった。彼は信じられなかった。それはちょうど試験の日だった。結果は最悪だった。フーゴは教授に呼び出された。

その教授は開口一番、自分を馬鹿にしているのか、と怒りだした。他の科目では優秀なのに、自分の教科だけが極端に悪いというのは悪意があるのかと急に怒鳴りだした。

「君は何を考えているんだねッ。基礎的な学問を疎《おろそ》かにしていいと思っているのかッ。なんだねその眼はッ」

あまりにも一方的に怒鳴られたので、ついぽろりと、実は祖母が亡くなって、と漏らしてしまうと、その教授はさらに怒りだして、

「いい加減なことを言うんじゃあないッ。君の家からそんな話は聞いていないよッ。だいたいなんだねッ、その言い訳の幼稚さはッ。お祖母ちゃんが、だって？　甘えたことを言うなッ。どんなマンモーニなんだね君はッ。いい加減に——」

途中から教授の声などは聞こえていなかった。気がついたら、机に置かれていた百科事典で

その頭をめった打ちにしていたのだった。キレたという自覚さえなかった。憎いとか殺したいという気持ちさえなかった。ただただ、許してはおけない、という石のように硬い感覚が心の中にみっしりと詰まっていて、他の行動がまったく選択できなかったのだった。

フーゴの、上流階級としての人生はそこで終わった。

駆けつけてきた警備員たちさえも叩きのめしたあげく、警察に捕らえられた彼に、取り調べをした刑事は困惑しながら言った。

「おまえの家に連絡を取ったのだが、関係ないとしか言われなかったぞ。迎えに誰も来ない。まずいなあ。このままじゃおまえ、施設送りになるしかないぞ」

「…………」

フーゴは何も言わなかった。彼はそのまま拘留され続けて、とうとう限界だというその日に――ひとりの面会者があった。

知らない顔だった。しかも若い。訊《き》くとまだ十七歳だという。

「オレはブローノ・ブチャラティという。君のことを少しばかり調べさせてもらって、会いに来た」

フーゴは彼を一目見て、その素性を悟った。

「あんた、ギャングですね？」

そう訊くと、ブチャラティはうなずいて、

「そうだ。一応、どうしてわかったのか教えてもらえないかな？」

「服装がぱりっとしているが、上流階級のにおいはしない。学生にしちゃ動作にきびきびと無駄がなさすぎる。兵士にしては物腰が柔らかい。そんなヤツはギャングしかいませんよ」

「なるほど、話の通りに頭が回る上に、肝も座っているようだな。オレが怖くないようだが、それはどうしてか、これも訊いていいかな」

「怖くないワケじゃあないけど――」

「それに、君が今置かれている立場だが、これも相当に怖いはずじゃないのか。ご両親に見捨てられかけているんじゃないのか」

ブチャラティの言葉に、フーゴは苦笑した。

「そうじゃあないでしょう――それならきっと、今は向こうの方がぼくのことが怖いんだと思いますよ」

「？」

「ぼくのやったことが大っぴらになったら、家の名声に傷が付くと思われているからね。勘当して、縁もゆかりもないと言い張るしかないんでしょう。怯《おび》えているんですよ」

フーゴがそう言うと、ブチャラティは眉間《みけん》に皺《しわ》を寄せて、

「ずいぶんと悟ったようなことを言うんだな。君は親を困らせたくて暴行事件を起こしたのか？」

「いや、そうじゃあない――親のことなんて、考えもしなかった。ただ――なんか、急に何もかもが許せなくなったんです」

「フム――」

ブチャラティは顎《あご》に手を当てて、少し考えこんだが、やがて、

「君は施設に行ったら、どうなると思う？」

と質問してきた。フーゴは肩をすくめた。

「どうって、どうにもならないでしょうね。適当な職業訓練を受けさせられて、そのまま通りに放り出されるんでしょうね」

「つまり、親のところには戻らないつもりなんだな」

「戻る？」

フーゴは一瞬、本当に何を言われているのかわからなかった。その顔を見て、ブチャラティはうなずいて、

「君に行くところがないのならば、どうだろう――オレの仕事を手伝ってくれないか？」

と言った。フーゴはここでやっと、この若いギャングスターは自分を〝面接〟していたのだと気づいた。

「つまり――あんたの組織に入れってことですか？」

「オレの組織じゃあない。オレはまだまだ下っぱで、直接の部下もいない。君には見抜かれたよ

うだが、上流の生まれじゃなく漁師の息子で——父を誇りにしているからそれを恥じてはいないが——まともな学がないのは事実だ。だからそういう知識と判断力のある仲間がいる。君が欲しいんだ」

「——」

フーゴはまっすぐに自分を見つめてくるブチャラティのことを見つめ返した。

不思議な感じがした。

これは犯罪組織への勧誘であり、しかも下っぱのチンピラがさらに下っぱを誘っているだけの話だ。

それなのに——フーゴはこの男に、祖母と同じにおいを感じていた。

自分にウソを言っていない者のにおい。心から感じていることだけを告げている者のにおい。

「ぼくが必要なんですか?」

「そうだ」

「どうしてぼくなら良いと思ったんですか?」

「君が両親のことを語るときの顔を見て、そこに復讐心がないとみた。恨みがないワケじゃあないだろうが、君はそういう執着が薄い。その落ち着きが、熱くなりやすいオレには必要なんだ」

「落ち着きって——ぼくは短気のあまり見境いなくキレて教師をめった打ちにした人間です

よ？」

　フーゴがそう言うと、ブチャラティはふいに鋭い目つきになり、

「教師は運が良かった」

といきなり言った。フーゴが「え？」と目を丸くすると、さらに、

「彼が死ななかったのは、幸運だった。君は彼が死ぬ危険性などこれっぽっちも考えずに殴っていたはずだからな」

　と言った。フーゴが黙ると、ブチャラティは静かな口調で続けた。

「君に会いに来たのは、直に眼を見たかったからだ。君が〝そういうヤツ〟かどうかを確かめたかった」

「…………」

「同じ眼をしている。十二歳のときのオレと同じ眼を。そいつは〝人殺し〟の眼だ。理由はなんであれ、とにかく殺人を犯すのになんのためらいも持てないヤツの眼だ」

　ブチャラティは、自分の言葉に対しても相手にさほどの動揺がないことを見てから、

「君に更生の目処《めど》はない。だから組織に勧誘するんだ。君は〝こちら側〟でしか生きられない男だ」

　と言った。

＊

「——」

フーゴは安ホテルの一室で、天井を睨《にら》みつけながら固いベッドに横たわっていた。

あのときブチャラティが来てくれなかったら、今頃自分はどうなっていただろうか、とぼんやり考える。

どちらにせよ表社会では生きられなかっただろうが、最初から組織のメンバーになれたことは大いにプラスになったから、それがなかったら、というのは考えるのも難しかった。

（いや——ぼくは、それを前に見たことがある）

そう、フーゴはかつて、自分がそうなっていたかも知れない姿を別の少年に見たことがあった。ナランチャ・ギルガという少年に。

（あのときは——）

フーゴがぼんやりと考えていると、開け放したままの個室のドアを、こんこん、とやってきたシーラEがわざわざ叩いて、

「ノックして、もしもぉーし」

と声を掛けてきた。フーゴが顔を向けると、彼女は顎《あご》をしゃくって促《うなが》しながら、

「来な。組織から応援が到着したから」

と言った。フーゴはベッドから起きあがった。

狭い廊下をフーゴに先に歩かせて、シーラEは後ろから質問してくる。

「でも、なんでドアを開けっ放しにしてんの、あんた。不用心じゃあないの？」

「閉めておくと、忍び寄ってくる足音が聞こえないかも知れない」

「狭いところが嫌い？」

「………………」

「聞いたんだけどさあ、あんたの能力って、自分でもウィルスに感染したら死んじゃうんだって？　それって最初に、どうやって確かめたの？」

「ブチャラティに手伝ってもらって、脇腹のところに少しだけ感染させたら、そこの皮膚が溶けたので、確認できた。皮膚はすぐに切り離してもらったから、それ以上は感染せずにすんだ」

「ああ、亡くなったブローノ・ブチャラティさんね。スゴく優秀なヒトだったんでしょ？　ジョルノ様の信頼も厚い幹部で。あんたにはもったいない上司だったわね」

彼女の知っている情報だと話が変な風になるが、しかし——

「……そうだな」

フーゴには反論することが何もなかった。シーラEはさらに言葉を続ける。

「あんたの能力——射程距離は五メートルくらいだってゆーけど……自分も感染するんじゃ、

身の周りの半径一メートルくらいは危険なのよね。遠くへは行けないけど、でも身近すぎても駄目。なんとも使い勝手の悪い能力ねぇ――」

「――――」

「狭いところにいたがらないワケよね。でも敵の方はそんなことに構ってくれないわよ」

「――わかっているよ」

フーゴの返事を聞いているのかいないのか、シーラEはやや眉を寄せながら、少し声をひそめて言う。

「ところで……組織から派遣されてきたヤツなんだけど……ムーロロって男、あんたは前から知ってた？」

「いや、初めて聞く名前だけど――」

「こんなこと言っちゃマズいかも知んないけど――どうにもあたしには、なんか信用できない気がするわ。気をつけた方がいいかもね」

「それは……どういう意味だ？」

「アイツを見れば、あんたもそう思うわよ」

シーラEは憮然《ぶぜん》とした表情だった。

二人がそのフロアの端にある部屋の前まで来ると、ドアの向こうから不機嫌そうな声で、

「あーっ、あっあっあっ、やめろッ、ノックはやめろッ。あの小刻みな音を聴くとオレは本能

的になんかムカつくんだよッ。来てるのはわかっているから、ノックはやめろッ」

といきなり早口でまくし立てられた。フーゴは思わずシーラEの方を見るが、彼女は不快そうに顔をしかめているだけで何も言わない。フーゴは仕方なく、ノック無しで部屋に入ろうとノブを摑《つか》んで回そうとしたが、しかしロックされていて開かない。

「あのう——鍵を開けてくれませんか？」

そう呼びかけると、さらに不機嫌そうな声で、

「ハッキリさせておかなきゃならねーな？」

と唐突に言われた。

「は？　何が、ですか」

「今のオメーの言葉だよ——そいつはどっちだよ？」

「どっち、というと——」

「そいつはオメーが心から、自分はムーロロさんにはかなわないから、尊敬を込めて懇願しているのか、それとも単に、どーでもいいヤツに適当に〝やって当然だろ？〟みたいなナメた態度で言っているだけなのか——その辺を明確に言ってもらおうか」

「………………」

フーゴは困惑して、シーラEの方をまた見るが、やはり彼女は何も言わずに下唇を突き出している。フーゴはとりあえず、

「……いや、あなたはミスタから、その指示を仰ぐようにと言われた方ですから、立場は上だと考えていますが」

と無難なことを言った。するとしばらく沈黙が続いたが、やがて——がちゃり、と鍵の開く音が響いた。ドアが開くかと思ったら、それもなく、フーゴはまたノブを摑んで自分で開ける。

フーゴの部屋よりは広かったが、しょせん安ホテルなのでそれほど広いわけではない部屋の真ん中に、その男は椅子に腰掛けて座っていた。

一言でいうと、古臭い男だった。

まるで一九三〇年代の暗黒街映画から抜け出してきたかのような、いかにも〝ギャングです〟という風のわざとらしくキメたファッションで、室内なのにボルサリーノ帽子を被り、マフラーを肩に掛けている。伊達《だて》男を気取りすぎて逆に滑稽《こっけい》であった。

(————)

フーゴはほんの少しだけ、頰を引きつらせた。そいつはなんとなく、彼が初めてポルポに命じられて〈パープル・ヘイズ〉で殺した相手に似ていた。街に麻薬を流していた他の組織の幹部が、そういう格好をした見栄っ張りの男だった。生命《いのち》乞いの際に仲間を平気で売った小者だった。目の前の男はあのときのクズと雰囲気が似ている。

「えーっと……」

その男は、じろじろと遠慮のない眼でフーゴのことを舐め回すように見つめてから、

「おまえが、その——危険極まりない能力の使い手なのか？　パンナコッタ・フーゴ？」

「そうです。それはぼくです」

「なんだよ、ずいぶんと貧弱なんだな。青ッちろいガリ勉タイプのガキじゃあねーか——もっとギラついた殺し屋っぽいヤツだと思ってたのに。まあいい。オレはカンノーロ・ムーロロ。組織の正式メンバーで、情報分析チームを任されている」

「任されているワケじゃなくて、その一員ってだけでしょ」

シーラEが口を挟んできた。ムーロロは少女を睨みつけて、

「うるせーぞ、シーラE——知ってんだぞ、オメーはボスを裏切った暗殺チームと、ボス親衛隊との連絡役をしていたってことをな。それでイマイチ信頼されてねーから、この任務で身の潔白を証明しなきゃならねーんだろ？」

と言った。しかしシーラEは顔色ひとつ変えずに、

「それはあんたも同じでしょ、ムーロロ。ミスタ様から聞いてるわよ——裏切り者のリゾットたちに、あんた——情報を流していたんだって？」

そう言われて、ムーロロの顔色が変わった。まず真っ青になり、続いて真っ赤になった。椅子を蹴飛ばすようにして立ち上がり、

「ば、バッカ——馬鹿野郎ッ、あ、アレは違うだろーがッ。あのときオレはまだ、リゾットのチームが裏切っているって知らなかっただけだッ。それに流したっていっても大したことじゃ

あねー。ただ連中が持ち込んできた、燃えた写真を復元しただけだッ。写っていたのも、どーってことねー、ヴェネツィアのサンタ・ルチア駅前の風景だ。ライオン像がある辺りの、誰でも知ってる観光案内みてーな、どーでもいい写真だったッ。なんの意味もなかったはずだッ」

「どーだろーね——ミスタ様はなんか〝アレにゃマイったぜ〟って言ってたわよ」

「い、い、いいいいい——いい加減なことを言うんじゃねーッ。テメー、まさかミスタ様にあることないことチクってんじゃねーだろーなぁ?」

「あることしか言ってないわよ」

「ンだとぉ——」

二人が今にも殴り合いを始めそうな険悪な空気になったので、フーゴはうんざりしつつ、

「あのですね——よろしければお二人さん、任務についての話をしたいんですがね、ぼくは。どうやら我々は全員、ケツに火が点《つ》いているようですから。呑気《のんき》に喧嘩《けんか》なんかしてる場合じゃないと思うんですがね」

と言った。ぬッ、とムーロロがバツの悪そうな顔になって、ふたたび椅子に腰を下ろした。シーラEの方はまったく変化なく、ふん、と鼻を鳴らしただけである。

「えー、えへんえへん」

ムーロロが気を取り直して、テーブルの上に資料を並べていく。

そのうちの一枚の写真を見て、フーゴは眉をひそめた。そこに写っている人物のことを知っ

ていた。

「彼は――」

「あ？　なんだオメー、こいつを知ってるのか？　怪しいな」

「彼も、組織の一員だったのか？」

「おいおい――こっちの質問の方が先だよ。オメー、なんでこの男を、マッシモ・ヴォルペを知っているんだ。こいつが組織にいることさえトップシークレットだったのに」

「トップ――？」

フーゴはとまどいを抑えられなかった。理解と判断に苦しむ状況だった。

そう、彼はこの男を知っている。しかしそれは、彼がこの血腥《ちなまぐさ》い世界に身を投じる前の話なのだ。

「ヴォルペは――ぼくの級友だ」

彼はなんとか質問に答えた。あ？　とムーロロとシーラEの眼が不審そうに細められる。

「何言ってんだ、どー見てもオメーはこいつよりも十ぐらいは年下だろうが？」

「ぼくは十三歳で大学入学の資格を得ていた――そのボローニャ大学時代の、おなじクラスの人間だったんだ、ヴォルペは」

写真を手にとって、フーゴはその男の顔をあらためて見つめた。

やはり知っていた通りに、瞼《まぶた》の下に昏《くら》い隈がある、曇りガラスのような眼をしている男の顔は昔と、ほとんど変わっていなかった。

＊

〈パッショーネ〉という組織は、当初は主《おも》に既存の組織の横暴に対抗する〝義賊〟という形で市民の支持を得ることで拡大してきた。だがそれは見せかけのものであり、創立者であるディアボロという男が単に己の勢力を拡大するための謀略に過ぎず、確固たる基盤を得た後になったら、禁じ手としていたはずの麻薬取引などにも精力的に乗り出していくことになった。

しかし麻薬というのは、生産地の組織とのコネクションや密輸のノウハウなど、クリアしなければならない条件があまりにも多すぎ〝新規参入〟が難しいとされてきた。

だがかつてアメリカでも、一九六八年ベトナム戦争を背景にＦ・ルーカスという若い黒人のギャングが、誰も目を付けていなかった、税関を経由しない米軍の輸送部隊と癒着するという方法で密輸ルートを開発、ジャングル奥地の生産者と直に取り引きするという〝裏ワザ〟を編み出して急速にのし上がったという例があるように、不可能だと思われた〈パッショーネ〉の麻薬ビジネス大規模参入も〝裏ワザ〟によっていともたやすく実現してしまった。

その〝裏ワザ〟の名前が〈マニック・デプレッション〉――マッシモ・ヴォルペの能力である。

「一言でいっちまうと、ヤツの能力というのは〝麻薬を生み出す〟能力なんだよ」

ムーロロはフーゴとシーラEに、彼が教えられた情報を伝える。

「そいつのことはジョルノ様も最初は知らなかったが、ディアボロが幹部のブチャラティ氏によって始末されたことで、ヤツが隠していた事実が次々と発覚し、謎とされていた〝麻薬〟の正体も判明したんだ。他の組織のヤツを尋問すると、大抵はこんな風に言われる――〝密輸ルートがまったくわからない。まるで魔法のように後から後から麻薬が湧いてくるようだ〟ってな。そりゃそうだ――ヴォルペの能力で、そこら辺にある岩塩やら海水やらを麻薬に〝加工〟していたっていうんだからな」

「なんか〈パッショーネ〉の麻薬は他のと違って新鮮だから、賞味期限があるとかゆー噂があったわね」

「噂じゃなくて事実だ。能力の〝期限〟が切れるとただの塩に戻ってしまうんだ。だがその〝期限〟が組織の統制には最適だった。誤魔化して貯め込むヤツとか、薄めて増やそうとかいうタチの悪い連中を一掃することができるからな。ディアボロが急速に力を付けたのは、そういう風に、ヤツの配下から裏切り者が出ることを前もって防ぐのが上手かったからだ、って話だぜ」

「まあ、それもジョルノ様にバレるまでのことだけどね」

「しかし、そんなことを全然知らなかったリゾットのチームは、ディアボロを倒せばきっと、その麻薬の密輸ルートを乗っ取って、利権を独占できるはずだってヤッに挑んでいたそうだ。間抜けなヤツらだよ。最初からルートなんかなかったってのに。もしもヤツらが勝っていたとしても、まったく利益など得られなかったんだ」

「あいつらはみんなクズみたいな連中だったから、当然の報いよ」

シーラEがひどく強い調子で言ったので、フーゴは（おや）と思った。そこにははっきりと憎しみまでこもっていたからだ。それはムーロロにもわかったようで、

「あん？　なんだおまえ、リゾットのチームに恨みでもあったのか」

と訊《き》くと、シーラEは一瞬、怖ろしく冷たい眼になって、そして言った。

「私は、あのチームにいたある男を殺すために、組織に入ったのよ」

「え？」

「調べるのに時間が掛かった――でも、確かにあのチームにいたことはわかっている。イルーゾォという地獄の底の魔物以下の最低最悪のゲス野郎がね」

「イルーゾォ、ねえ――なんだよ、そいつとモメてたのか？」

ムーロロのかるい調子の問いかけに、シーラEはさらに凍りつくような眼になり、

「姉を殺したのよ」

と言った。ムーロロが絶句すると、シーラEはうっすらと笑みを浮かべて、

「私のたった一人の家族で、親の代わりに私を育ててくれたクララ姉さまを殺した仇《かたき》を討った

めに、私は組織に入った——死んでもいいって覚悟でね。でも、そのイルーゾォはもう死んだ。私の覚悟は宙ぶらりんになった。でもそんな私に、ジョルノ様は言ってくださった——

〝イルーゾォはこの世で最も無惨で、苦痛に満ち満ちた死に方をした。それで君の気が晴れるとは思わないが、少なくとも君のお姉さんを殺したことも含めて、あの男は死ぬまでの三十秒間に、それまでのすべてを後悔しながら、ぼくと仲間たちのすぐ前で死んだ〟

「——それを聞いて、私はとても晴れ晴れとした気持ちになった。それまでの私は、なんとしても復讐を遂げると心に誓っていたけど——でも一方で考えてもいた。私がイルーゾォを殺したかったのは姉の恨みを晴らすためと思いながら、実は自分のためではないか、自分勝手なワガママでしかないのではないか、って——しかしもう、そう思うことはない。イルーゾォはクララ姉さまを殺した報いを受けた。正義は行われた——後は、私がジョルノ様に受けた恩を返すだけ。あのお方がしてくださったことに見合う仕事を果たすだけよ。そう——もう自己満足なんじゃないかって悩む必要はないのよ」

そう語るシーラEの眼には異様な光があった。何かに酔っているようなところがあった。ジョルノに感謝しているというよりも、それはなんだか——その死んだ姉の亡霊に取り憑かれているような妖しさがあった。

「——おいおいおいおいおいおいおいおい、おいってば」

ムーロロが顔をしかめながら言った。

「仇を討つために組織に入った、って——それで暗殺チームとの連絡役をしていた、って——オメー、それってつまり、最初から裏切る気で入団したのと同じじゃねーか。そんな話を聞かされて、信頼できると思うのか？」

「イルーゾォを始末するときには、もちろんボスに先に話を通すつもりだったわ。別に裏切るつもりはなかった」

「でもその頃には、オメーはジョルノ様と話をしたこともなかったんだろう……ディアボロとボスの区別もついていなかったんじゃねーのか」

「それは——」

「アブねーなあ、なんかオメーはアブねーよ。視野が狭いッつーのかよぉー。今回みたいな隙のない敵を相手にできんのかよ？」

言われて、シーラEは憮然《ぶぜん》とした顔になって、仏頂面《ぶっちょうづら》で、

「あんたよりは充分に役立てると思ってるけどね」

と喧嘩《けんか》腰に言った。しかしムーロロはこれに言い返さずに、不審そうな眼を向け続けている。

「——」

この間、フーゴは何も言わない。

どう言えばいいのか、彼にはわからなかった。

かつて彼と仲間たちは、ディアボロに命じられて暗殺チームと戦った。そして――そのときにジョルノ、アバッキオと共にイルーゾォと戦ったのはフーゴ自身だったのだ。

（このことを言ったところで、彼女は信じないだろう――それに実際のところ、アイツを倒したのはほとんどジョルノとアバッキオの二人で、ぼくはとどめを刺しただけだった。役に立ったか、と言われると自信はない――）

あの頃から、すでに自分は無力だった。そのことをわざわざシーラEに言う必要はない、と思った。

「――しかし、ヴォルペたちは今どこにいるのか、それはわかっているのか？」

話を変えるために質問してみる。これにムーロロは渋い顔になり、

「――気にくわねーんだがな」

と脈絡なく言った。

「……は？」

「イマイチ気にくわねー……なんかおまえたちにはオレに対する敬意が足りねー気がする。だがミスタ様から〝できるだけのことはしてやれ〟って言われている以上は、まあ、トップからオレの方が〝立場が上〟だと保証されているようなもんだから、そこは多少は眼をつぶってやってもいいのかも知れねー……しかしムカつきは抑えらんねーから、ひとつ貸しにはしとくが

な……」

　ぶつぶつ言いながら、ムーロロはスーツの胸ポケットから何かを取り出した。

　それはトランプカードのデッキ一組だった。箱には入っておらず、剝《む》き出《だ》しになっている。

　それを慣れた手つきで、ちゃっちゃっちゃっ、と捌《さば》いて、マジシャンのような優雅さで丁寧にカットしていく。肩に乗せて手まで流して、一気にぱらららららっ、と裏表を反転させたりしている。

「……？　何をしてるんです？」

　フーゴの問いかけを無視して、カードを弄《いじ》り続けているムーロロは、やがて被っていた帽子を頭から取った。

　どささ、とカードをその帽子の中に弾くようにして落として入れる。

　そして素早くひっくり返して、テーブルの上に伏せた。

「だーん、だららららららら――」

　そして口でドラムロールの音を真似ながら、フーゴとシーラEに向かって、手招きするようにして何かを煽《あお》る。当然なんのことだかわからない二人がぼんやりとしていると、ムーロロは小声で、

「拍手だよ、拍手――拍手しないと〝連中〟のテンションが上がらないんだよ」

　と呟《つぶや》いた。訳のわからないまま、フーゴはぱちぱちと拍手をする。シーラEは無視している。

ムーロロはやや不満そうだったが、仕方がない、という顔で、

「だららららら、だだん、だだだん……ッ！」

とまたドラムロール音を再開し、ゆっくりとした動作で帽子を上げていく。

すると、その下からトランプが出てきたが、それはどういうトリックか、見事なトランプタワーを築き上げている。

帽子の七倍以上の高さまで、タワーがどんどん出てくる。

そしてムーロロが帽子を頭に戻したところで、タワーがまるで生き物のように、うにょん、とひとりでに動いた。

さらにトランプのカード一枚一枚に、小さな手足がにょきにょきと生えてきて、互いの手足を握りながらくるくると回りだす。

『ボ、ボ、ボクらは劇団〈見張り塔〉ォ――――ッ！』

カードたちは合唱し始める。まるで童話アニメーションの一場面のような光景だった。

〈オール・アロング・ウォッチタワー〉――これがカンノーロ・ムーロロの能力である。

＊

『さてさてお集まりの紳士淑女の皆々様方ァ、これなるは五十三人の団員による寸劇でございますゥ。ワタクシは座長を務めまするジョーカーでありますゥ』

『ああァ、ジョーカージョーカー、イタズラ好きなイジワル野郎ォ』

『そしてコレがスペード組ィ、ムキになったら底無しだ、意地の張り合い殺し合いィ』

『おおゥ、スペードスペード、なんのシンボルなのかよく知らねェ』

『おっとアレはハート組ィ、心があるから憎たらしいィ、恨みつらみがオッカねえェ』

『ややァ、ハートハート、心臓ってよく考えたら気色悪くねぇかァ』

『ほいでソレがクローバー組ィ。ラッキーだけの運任せ。良くも悪くもタマタマだァ』

『ほほォ、クローバークローバー、四つ葉って実は割とあるよねェ』

『はいよナニはダイア組ィ。もちろん世の中金がすべてだァ。金銀財宝に目が眩《くら》むゥ』

『ぱぱァ、ダイアダイア、お洒落《しゃれ》するだけなら贋物《にせもの》で充分だよなァ』


――トランプカードたちが歌って踊っている。


「なんだこりゃ……？」

フーゴが思わず呟《つぶや》くと、ムーロロがきっ、と睨《にら》みつけてきて、

「黙って観てろ」

と声をひそめて言った。その間にもカードたちはその〝劇〟を続ける。

『今回のお題はヴラディミール・コカキ率いる〝麻薬チーム〟についてェ。さぁて今の連中はドコでナニしてるのカナ、カナカナ？』

『うげげェ、コカキぃ。あの爺さんにゃ近寄りたくねェ』

『実は〈パッショーネ〉よりも昔からギャング、ふだんは物静かだけど敵対するヤツぁ皆殺しィ』

『協力してたディアボロ死んで、仲間を守るために姿を隠すゥ』

『仲間は三人、ドイツもコイツもキレたプッツン野郎ばかりィ』

『ヴォルペ』

『ビットリオ』

『アンジェリカ』

『全員、ミイラ取りがミイラになって、自分たちの麻薬でイカレてる』

『だから』

『だから』

『だから痛みも知らず、いくらブン殴っても効きやしねーッ』

『ヤバイヤバイヤバイヤバイヤバイ、激ヤバの間合いだァ。そーゆー場合だァ』

「つまり――これって〝千里眼〟ってこと？」

シーラEがカードたちを指差しながら言った。

「遠くのものを念写する能力があるように、あんたの場合はこのカードたちが〝こっくりさん〟みたいに知りたいことに答えてくれるってワケ？　占いって感じ？」

「そんな不確かなモンじゃねー。オレの〈ウォッチタワー〉は〝事実〟――それだけを反映するんだよ」

「でもなんか、ずいぶんと曖昧っつーか……」

シーラEが眉をひそめている内にも、その〝劇〟の様子がだんだんおかしくなっていく。


『イカレたヤツらは、イカにもくどくて』

『馬鹿、くどくてじゃねーよォ、そこは』

『うるせーなダイアの7、中途半端な数字のくせに口挟むんじゃねーよ』

『あ、このヤロ、スペードの6の分際で、目上のオレ様にイチャモンつけんじゃねーよォ』

『ヘタクソだから悪いんだろ』

『誰がヘタクソだァ』

『なにモメてんだよ、どっちも馬鹿だな』

『いい気になってんじゃねーのかァ』

『ナニを偉そうに』

『だいたいオメーらは前から威張ってて気にくわねーんだよォ』

『ところでさっき、オレの科白《せりふ》だったのにオメーは勝手に割り込んできたよなァ』

『くだらないコト言い合うなよな、馬鹿バッカリだな』

『なんだその言い草は』

『そもそもテメーがァ』

……喧嘩《けんか》を始めた。お互いの数字を投げ合い、ぶつけられたカードは気絶し、数字を全部投げたヤツは白紙になって、それもまた気絶する。キングとクイーンが掴《つか》み合いして首を絞めあって気絶する。ジャックがその間でおろおろしているうちに数字をぶつけられて気絶する。一応、形を保っていたタワーから次々にカードが脱落していき、ふらふらと不安定に揺れていたかと思うと、ばらばらになって崩れ落ちた。

山となって積み重なったカードの上で、ハートの4がよろけながら立ち上がり、

『……〝タオルミーナ〟……』

と言い遺《のこ》して、そしてばったりと倒れた。そこでムーロロがまた、ぱちぱちと拍手をする。

フーゴたちにもするように促《うなが》す。しかたなくフーゴはやるが、やっぱりシーラEは無視している。

カードは崩れたままずるずると移動していって、ムーロロのポケットの中へと戻っていった。おしまい、ということらしい。

「ナニこれ……？」

シーラEがうんざりした顔で言う。

「能力って本人の精神が投影されるっていうけど——正にそんな感じね。つまんねー上下関係にこだわって、肝心の占いが適当になってんじゃあないの」

「適当じゃあねーよッ。ちゃんと地名を告げたろーがッ。コカキたちが潜伏している場所はこれでわかったぜェ——ッ」

ムーロロは胸を張っている。フーゴは顎《あご》に手を当てて、少し考え込んだ。

「タオルミーナ——シチリア島だな」

もしかすると厄介なことになるかも知れない、とフーゴは思った。そこは、そういう土地だった。

*

「フーゴ——？」

ぼんやりと暗い室内で、マッシモ・ヴォルペは思わず訊《き》き返していた。

「そいつは、パンナコッタ・フーゴか？」

彼の前の椅子に、濡れたシャツを乾かすようにして掛けられているのは、ぺらぺらに変形してしまっているマリオ・ズッケェロの肉体だった。

「――か、かかかっ――」

ズッケェロの厚みのない声帯はもはやまともな音を発することもできないが、マッシモは肉体動作を読み取ることにかけては練達しているので、唇部分の震えを見れば言っていることがわかる。

「ああ、おまえがブチャラティのチームと戦ったときの話はもういい。とにかく、そのメンバーの中にフーゴという男がいたんだな？」

「かっ、かかかっ――」

「ほう、歳は同じくらいだな。アイツが退学処分になった後のことなど考えもしなかったが――確かに、組織に入っていたのはあり得る話か」

「かけっ、けけけかかかっ――」

「ふうむ、ナランチャというヤツとフーゴと、どっちが噂の凶悪能力かわからないから、まずはその二人をおさえた、か――」

「ナランチャという少年なら、もう死んでいるぞ」

後ろに立っているコカキが補足した。

「ジョルノ・ジョバァーナが、その少年の名でネアポリスの教会に多額の寄付をすると共に葬式を出しているからな。だがフーゴというヤツについては情報がない」

「なるほど——どうやら本当に、あのフーゴが敵に回ったようだな」

「なぁに？　昔のおともだち？」

アンジェリカが質問した。するとマッシモは苦笑いをして、

「アイツに友だちなんて、誰もいない」

と言った。

「あんなうわべだけ気取ってりゃいいとしか思っていない、頭でっかちのプッツン野郎には、な——」

「へええ？」

ビットリオが嘆息した。

「そんなにアブねーヤツなのか？　オレよりもキレてんの？」

「どうだろうな——しかし、アイツに仲間だと？　どうにも信じがたいな……」

マッシモが考え込むと、コカキがまた説明する。

「ブチャラティという青年はポルポのお気に入りだったから、組織で出世できたのだが——その中でも、大勢の敵を一瞬で皆殺しにする能力の持ち主を部下に持っている、という噂がかな

りの箔をつけていたのは確かだ。それで皆から一目置かれていたんだ。あいつらに手を出すと危険だ、とな」

「それがフーゴだったワケだ。なんとなく納得できる話だよ。そうだ、アイツには確かに、そういう風なイメージがあったよ。真面目ぶってるんだが腹の中じゃ、なに考えているか全然わからねェ、ってな――」

「おともだちと戦うのって、どんな気持ちなのォ――？」

アンジェリカがまた質問してきた。

「だから、ヤツは友だちじゃあない」

素っ気なく言うと、アンジェリカはふらふらと彼のところに来て、

「あー、マッシモってさァ――なーんでいっつも、そんな風に顔しかめてんのォ？　お腹空いてんの？」

と腰に抱きつきながら頓珍漢《とんちんかん》なことを訊いてきた。

「しかめてない」

「あのさァ、前から思ってんだけど――マッシモ、あんたって絶対、笑うとすっごく可愛いと思うんだァ――笑ってよ、ねえねえ」

「笑ってるよ、ホレ」

「ううん、もっとちゃんと笑ってよォ――」

作り笑いをしているマッシモの頬を摑《つか》んで、アンジェリカはそれを吊り上げようとする。

「ああん、なんかうまく行かないなァ――」

そう言いながら、アンジェリカの口からは血が一筋、つうっ、と垂れた。

マッシモはそれを無言で拭いてやる。そして〈マニック・デプレッション〉を発現させて、彼女の背中をその能力で優しく撫《な》でてやる。

アンジェリカ・アッタナシオ――このか細い少女は先天性の〝血液がささくれ立つ〟といわれる難病に冒されている。それは血管の中に無数の微細な針が流れているような激痛に晒《さら》される病だ。どんな薬を投与しても、どんな能力を使っても、彼女を健康にすることはできない。

ただ、マッシモ・ヴォルペの能力だけが、彼女から苦痛を取り除き、その病状の進行を和らげることができるのだった。

そんな彼らの様子を、コカキとビットリオは静かに見つめている。

やがてコカキが、ぺらぺらのズッケェロに目を移し、

「しかし、こいつらに見つかったということは、次に来る追っ手はより本格的な暗殺者のチームだと思うべきだな。逃げ切れないかも知れん」

「また迎え撃てばいいじゃねーか。オレがみんなを守ってやるよ」

ビットリオが短剣を振り回しながら自信たっぷりに言う。だがこれにコカキは、

「いいや――おまえはアンジェリカとマッシモについていてやるのが最優先だ。今度は私が行

く。そのフーゴ君の得意技が〝見境なしの皆殺し〟だというのならば、私の方が向いているだろう」

落ち着いた声で、老人は淡々と言った。

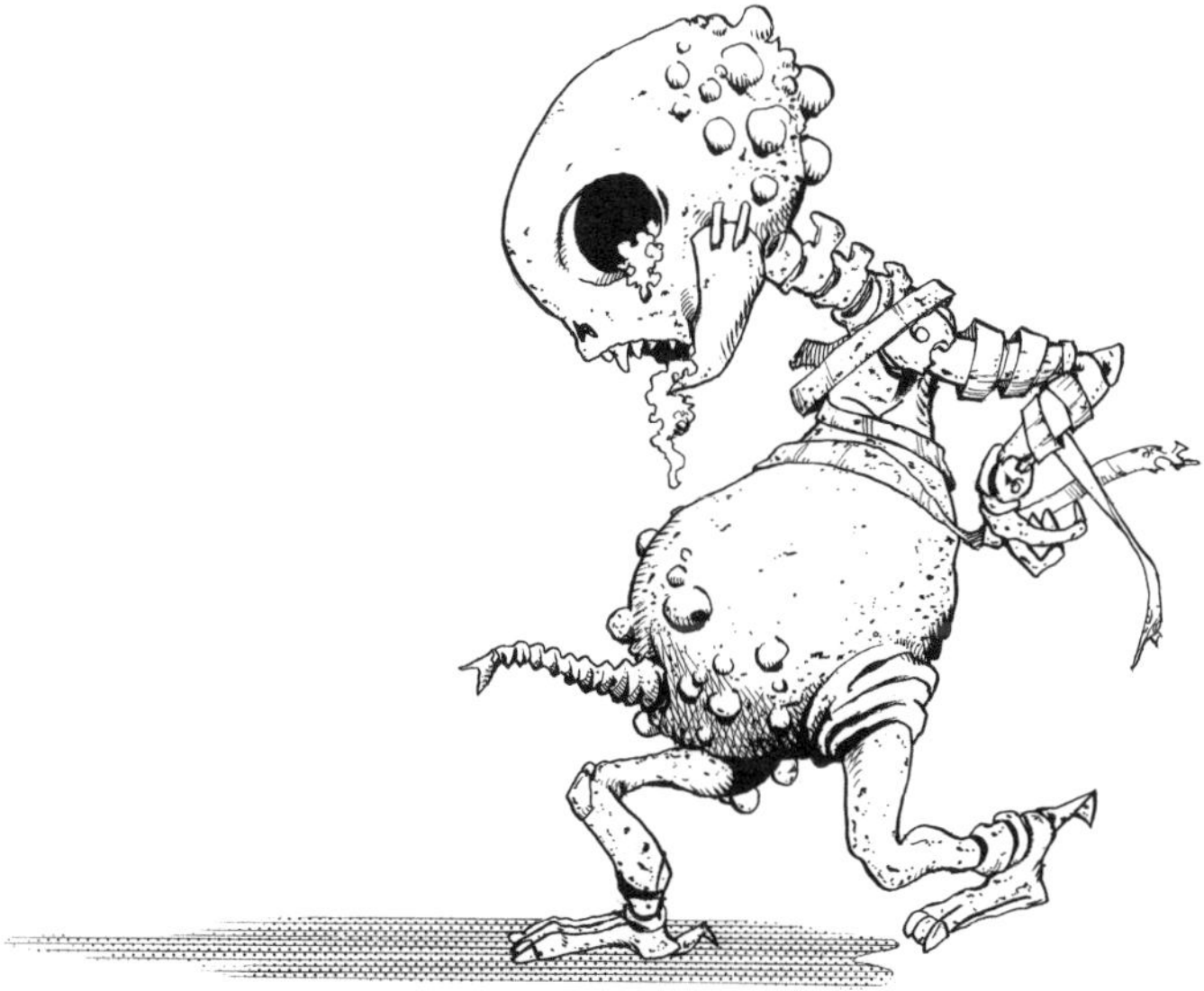

スタンド名=マニック・デプレッション
本体=マッシモ・ヴォルペ(25歳)

破壊力=C	スピード=A	射程距離=E
持続力=B 薬物効果は半月ほど	精密動作性=B	成長性=C

能力=生命力の過剰促進。塩に浸透させることで、その溶液を静脈注射した者の脳内麻薬を過剰に出させて、既存の違法薬物と同じか、それ以上の効果を肉体にもたらす。効果は時限性で本体から離れても持続する。このスタンドの棘に刺されると肉体が過剰反応する。心臓が破裂したり消化しすぎて内臓を溶かしてしまうなどの様々な作用があり、何をしてくるのか読めないスタンド。

Sheila E
シーラE

Ⅲ. 'a vucchella 惑わす唇

イタリアを旅行する者が気をつけなければならないのが〝ショーペロ〟と呼ばれるストライキである。

これが行われると、ほとんどすべてのことが停まってしまい、美術館でさえストに入ってしまうので、せっかく観光に来ても、どこにも行けなくなって立ち往生、ということにもなりかねない。ちょうどその日のメッシーナ海峡に面する港も、まさしくショーペロの真っ最中であり、普段ならば運航しているフェリーの類もすべて休止状態だった。だから港には人影がまったく見られない。

「もしかして、このショーペロも……？」

フーゴは訊《たず》ねてみたが、ムーロロはニヤニヤ笑うだけで答えてくれなかった。そう〈パッショーネ〉の差し金である可能性は高い。そもそも大抵のショーペロの背後には何らかの組織が存在している。労使の間に立って、互いの主張のとりまとめを非合法組織が行うのは、この国では珍しくもないことである。

「それで、血痕が見つかったっていう倉庫はこっちなのね」

シーラEが一人でさっさと歩いていってしまう。フーゴたちがその後を追いかけていくと、彼女は立入禁止という札が掛かっている倉庫の扉を動かそうとして、鍵が掛かっていることを確認すると、いきなり能力を出した。

「――〈ヴードゥー・チャイルド〉……！」

彼女がそう呟《つぶや》くのと同時に、鍵の掛かっていたドアが吹っ飛んだ。常人には見えない強引なパワーで強引にこじ開けられたのだ。

「あーあ、鍵ならあったのに」

ムーロロがぼやいたが、シーラEはおかまいなしで、能力を発現させたまま中に入っていく。

彼女の〈ヴードゥー・チャイルド〉は近距離パワー型のようで、その鋭角に尖《とが》ったシルエットが常に彼女の側に寄り添っている。

そしてシーラEが、倉庫の床に黒っぽい染みがついているところまで来ると〈ヴードゥー・チャイルド〉はいきなり、その周辺の床をその鋼鉄のような拳《こぶし》で次々と乱打した。

『……エリエリエリエリエリエリエリエリ……！』

呪文のような雄叫びを上げながら床を殴りまくる姿はだだっ子が暴れているようにも見える。

コンクリートの床はたちまち罅《ひび》割《わ》れて、無数の裂け目ができた。

すると――次の瞬間、その裂け目が次々と変形していく。

それはすべて、人間の唇の形になっていく。それらはもごもご蠢《うごめ》いたかと思うと、いっせいに喋りだした。

『畜生あの野郎よそに女がいるくせに』『この前トトカルチョで儲けたことは皆にバレていないよな』『ミスったことを何とかアイツのせいにして』『ガキを殴りすぎたかな』『ムカつくアイツの悪い噂をまた流してやれ』……それらは脈絡がないだけでなく、前後のつながりもなかった。全体でひとつの会話というのでなく、それは――

(そうか――)

フーゴにはその唇が喋っているのがなんなのか見当がついた。

(あれはおそらく、過去にこの倉庫で働いていた者たちが漏らした言葉だ――あまり他人には聞かせられない気持ちがこの場所に染み込んでいたというわけか――残留思念とでもいうのか、そいつの〝後ろめたい〟とか〝まずいかもな〟という罪悪感の伴う強い感情が、その影の濃さゆえに地縛霊のように地面に残っているのを、このシーラEの能力は呼び起こすことができるのだろう……)

彼女は〝姉を殺した犯人を捜していた〟と言っていたから、そのような精神が能力に反映されているのだ。残された手がかりを漁《あさ》りつつ、そいつに罪を思い知らせたいという復讐心――実にストレートで、ある意味で裏表のない性格だといえる。

(では、ぼくは――)

そこまで思って、フーゴは嫌な気分になりかけたので、考えるのを途中でやめた。自分の〈パープル・ヘイズ〉の殺人ウィルスなどというものが如何《いか》なる精神の反映なのか――そんなことは考えたくもないことだった。

シーラEは、意味のない声を次々と消していき、そして最後に残った言葉は、

『……オレはあんたに従うだけだ、従うだけだ、従うだけだ、従うだけ……』

というものだった。それを聞いてフーゴはハッとなって、

「これだ――間違いない、ヴォルペの声だッ！」

と言った。横でムーロロがうなずいて、

「なるほど、やはりここで戦いがあったか。オレたち以前の追っ手のヤツがここで返り討ちにあったんだろうな。死体はどこか別のところに処分されたんだろう。おおかた海の下で魚の腹の中ってところか」

と話をまとめた。

「でも、どういうことかしら？　ヴォルペって男は、リーダーのコカキの言いなりになっているのが後ろめたいってことなの？　変ね。自分がチームの上に立って威張りたいのを隠しているのなら、それを暴き立てるのが〈ヴードゥー・チャイルド〉なのに」

シーラEが訝《いぶか》しげに眉を寄せて、フーゴの方を見つめてくるが、

「ぼくにもわからないよ——それほど彼と親しいワケじゃなかったし」

と言うしかない。そんな二人にムーロロは適当な調子で、

「別に敵の精神分析なんぞする必要はなかろう。とにかくこれで、オレの〈ウォッチタワー〉の予言は正しかったことが実証されたことになるよなァ。ヤツらはこの港から海峡を渡ってタオルミーナに向かったに違いないぜェ——ッ」

自慢げに鼻を鳴らして顎《あご》を上に突き出す。シーラEはまだ少し不審げだったが、やがて吐息をついて、

「まあ——そうね、アレコレ考えてもしょーがないし」

「とにかく、ここには確認に来ただけだ。予定通りに出発しようぜ」

三人は港の端に停泊してある一隻のヨットに向かった。ショーペロですべての船が止まっている今、シチリア島に行くには自前の船を使うしかないからだ。

その用意されていたヨットを見て、フーゴの眉が、びくっ、とひそめられた。それはブチャラティが所有していたラグーン号というヨットと同型の船体だった。

脳裏に、ふいに彼らがラグーン号を初めて見せられたときの光景が蘇《よみがえ》っていく——。

＊

「うおおおッ、スゲーじゃんッ！　カッコいいーッ！　これ、ブチャラティの船？」

「だからそうだって聞いただろ」

船を見て一番喜んでいたのは、ナランチャだった。十七歳の彼が、まるで六歳児くらいの子供のように眼を輝かせて、桟橋の上で飛び回っていた。

フーゴとしては、ブチャラティが船に乗せてやると言い出したときから、何か特別な任務が待っているのだろう、と気を引き締めていたが、ナランチャはそんなことにはまったく頭が回らないようで、脳天気に〝お船でお出かけ嬉しいな〟という風な感じである。

やれやれ、とフーゴは首を左右に振る。そして横に立っているアバッキオが、さっきからずっと無言なので、

「ねえ、アバッキオ、君はどう思います？」

と話しかけてみた。だがアバッキオは、

「………」

と、やはり無言である。警官崩れのこの男は沈黙の迫力が凄い。フーゴは慣れているが、実際に近くにいた子供が泣き出したところを見たことがある。そのときも眉ひとつ動かさないで、子供を逆に睨《にら》みつけたりしていた。そういう強面《こわもて》の男なのである。

「ぼくは思うんだが――〝そろそろ〟なんじゃないかな」

「………」

「あのジョルノって新入りにどんな才能があるのか知らないが、この時期に人員を増やすっていうのは、やっぱり〝そろそろ〟だからじゃないかと思うんだよな」

「…………」

「そう、ブチャラティが〝幹部〟になる時が来たんだよ、きっと。彼の人望と実績からしたら遅すぎるくらいだが、でも――」

フーゴがやや興奮気味に言っている途中で、アバッキオがドスの利《き》いた声で、

「憶測で物事《ものごと》を言うな。フーゴ、おまえにはそういうところがある――頭が回りすぎて、考えなくてもいいことを考える癖が、な」

「む……」

「オレたちはただ、ブチャラティの命令に従っていればいいんだ。アイツを全面的に信じる。それだけだ。違うか？　それとあの新入りは信用できねえ。気を許すんじゃねえ」

「君ねえ――彼はブチャラティが連れてきたんだぜ？　それなのに信用しないって――言ってることが矛盾してないか？」

「やかましい。ソレはソレ、コレはコレだ」

二人がぼそぼそ話していると、駆け回っていたナランチャが戻ってきて、

「なああ、写真撮ろうぜェ！　記念にさァ、みんなで並んでさァ、船の前でよォ――ッ！」

と大声を上げた。その無邪気さにフーゴは思わず吹き出してしまう。

するとその声を聞いた、少し離れたところにいたミスタが、

「いいねえ。じゃあブチャラティもこっちに来いよ。おい新入り、おまえがシャッターを押せよ」

とジョルノにカメラを投げて、船の前にやって来た。ブチャラティも苦笑いしていたが、その後をついてくる。

「はい、それじゃ皆さん、こっちの方を向いてください」

ジョルノはそつなく、妙に慣れた様子で、ラグーン号を背景にしたチームの五人をフレームの中に入れて、ぱしゃっ、と撮影した。頭上には抜けるような青空が広がっていた。

＊

——しかし今、フーゴの上にある空はどんよりと曇っていた。

(あのときの写真——どうなったんだろう)

今まですっかり忘れていた。あのときヨットで向かったカプリ島マリーナ・グランデでブチャラティが幹部になると同時に、暗殺チームとの死闘につながるボスの娘の護衛任務を拝命したので、フィルムの現像などに気を回す余裕がなかった。カメラに入ったままなのではないだろうか。今、どこにあるのだろうか——。

彼がそんなことを考えている間にも、ムーロロが操舵する船は〝その島〟へと接近していく。

シチリア――。

その長い歴史の中で、フェニキア人、ギリシャ人、アラブ人、ノルマン人など数多くの民族によって征服され続けながら、二十一世紀の今日に至るまでそこの住人たちは自らを〝シチリア人〟と称し、イタリア人とは名乗らない。しかしその文化は様々な様式が渾然一体となっており、独自性がどこにあるのか、容易には判別できない。アラビック様式とノルビック様式が混じり合ったような教会も多数ある。地中海の交差点と呼ばれ、あらゆる歴史のあらゆる流れが流入してきたこの土地には、かつてギリシャの三大数学者のひとりアルキメデスがここに魅入られ、自らの英知を人々に伝える場所として選び、やがて侵略者によって殺されたように、光と闇が同時に吸い寄せられてくる。『道化芝居と悲劇が絶え間なく繰り返される人間の大スペクタクル』――そのようにこの島を語った作家ファヴァもまた、闇社会の組織によって殺害されている。第二次世界大戦ではこの地が米英連合軍によって侵攻されたときに、ナチス・ドイツを中心とする枢軸軍の敗北がほぼ決定的になり、歴史の一大転回点となった。

そこは、そういう場所であった。

「…………」

フーゴがぼんやりと、接近してくる島の対岸を眺めていると、シーラEが側にやってきて、

「何ぼーっとしてんのよ?」

と詰問口調で話しかけてきた。

「いや、別に」

「まさかあんた、ヴォルペが昔の知り合いだからって、気が引けてんじゃないでしょうね」

「そんなことはないよ」

「あいつは〝諸悪の根元〟――絶対に生かしてはおけない存在よ」

「麻薬なんだろ、わかっているよ」

「いいえ、わかっていない」

シーラEは首を左右に振る。

「あんたもどうせ、こんな風に思ってんじゃないの？　〝麻薬をやりたいヤツがやるのは勝手だ。個人の自由ってものがあるし、死にたいヤツが自分の死に方を決めるのだって自由だ〟とか」

「…………」

「だがそれは違う。麻薬が蝕《むしば》むのは肉体ではない。それは人間の魂を腐らせていく。そもそも人間の身体というのは、苦しいことに対して、自然に脳内麻薬を出してそれを和らげるようにできている――それはあくまでも、苦しいことに対して立ち向かうためのもの。しかし外部から注入する麻薬は、その苦しみを消さない。むしろ苦しさそのものは倍に増やしてしまう。ただそれに気がつかなくなるだけ――その分の苦しみを、他の周囲の無関係な家族などに押しつけるだけなのよ。それは弱者を利用し踏みつけるのと同じ――だから、その麻薬を売りつけるヤツは世界のすべてを侮辱しているのと同じ。それは人間性を侮辱し、尊厳を侮辱し、未来を侮辱し、生命を侮辱している――絶対に許してはおけないのよ」

その言葉を、シーラEはまるで科白《せりふ》を読んでいるかのようにすらすらと語る。誰かに言われたことを丸々記憶していて、暗唱しているかのよう……いや、事実そうなのだろう。そいつの言うことは絶対で、間違いがないと信じ切っているのだ。

（ジョルノ・ジョバァーナ――）

この少女は彼を妄信している。彼が死ねと言えば即座に死ぬだろう。フーゴのウィルスの巻き添えで死ねと言われても平気なのだ。それ故に彼女は最初に彼のことを迎えに来たのだから。こういう風に、誰かのことを心の底から信じ切っている――自分の生命よりも他人を信頼している人間のことを、フーゴは以前にも見たことがある。その眼の必死さを知っている。そのときに、その少年はこんな風に言っていた。

『ねえ……ブチャラティ……オレ……どうすればいい？　行った方がいいと思う？　す、すごく怖いよ。で、でも〝命令〟してくれよ……　〝いっしょに来い！〟って命令してくれるのなら、そうすりゃあ勇気がわいてくる。あんたの命令なら何も怖くないいんだ……』

あのときの眼だ。今のシーラEは、あのときのナランチャと同じ眼をしている。

（ナランチャは――）

彼だって、最初からそうだったわけではない。いきなりブチャラティに信頼を寄せたわけではない。その前には、当然ながらナランチャなりの人生があり、苦悩があり、そして彼なりの意地もあったはずだ。それをフーゴは知っていた。何故なら――

（ブチャラティとナランチャを引き合わせたのは、ぼくだったのだから――）

＊

フーゴはその日、ブチャラティがお気に入りだったリストランテに仕事の打ち合わせのために呼び出された。少し遅れてしまい、やや焦りながら向かっていたところで、彼はその少年を初めて見たのだった。

彼は厨房裏のゴミ箱を漁《あさ》って、野菜クズやスープを取った後の肉の欠片《かけら》などを手づかみで齧《かじ》っていた。

よくいる浮浪少年である。深刻な不景気が続いていたし、その手のヤツは街中の至るところにいた。いつもならば取り立てて気にも留めないような存在だ。

「…………」

どうして彼のことが気になったのか――彼は、自分のことを見つめているフーゴの視線に気づいても、悪びれる様子もなく、恥だと感じている風でもなく、といって開き直っている印象もなかった。どうせ何を言われても、何を言い返しても無駄なんだろう、という奇妙な放棄がそこにはあった。後でわかったのだが、このとき彼は患《わずら》っていた眼の病気がいずれ悪化して死ぬものだと観念していたのだという。しかしフーゴが彼に感じたものはそんな重い覚悟ではなかった。むしろその逆で、ひどく軽いように思えた。あまりにも軽すぎて、フーゴは彼に対して哀れみも蔑《さげす》みも感じなかった。

それがナランチャ・ギルガとフーゴの出逢いだった。

「――――」

何を考えていたのか――フーゴは眼が合った次の瞬間、ナランチャの方に歩み寄って、そしてその腕を摑《つか》むと、一緒に約束のリストランテの中へと引き入れた。彼は抵抗もしなかったし、されるがままだった。フーゴは彼が何らかの反応を見せるのを待たずに、既にリストランテにいて自分のことを待っていたブチャラティに向かって叫ぶように言った。

「こいつにスパゲッティを食わしてやりたいんですが、かまいませんね！」

店の給仕長はびっくりした顔をしていたが、ブチャラティの方はまったく動じずに二人を手招きして、自分のところに運ばれてきた皿をナランチャに差し出した。フーゴの方を見もしない。

彼がそうするだろうというのは、フーゴにはわかっていた。ブチャラティはとにかく子供には優しいのだ。弱っているとなればなおさらだ。それはフーゴが遅刻したのを誤魔化すためにやったことだといえないこともなかったが、自分でもなんでそんなことをしたのかは定かではなかった。

ナランチャの病気に気づいたブチャラティは、そのままタクシーを呼んで彼のことを病院に連れていった。フーゴはひとり、そのリストランテに残された。

しかし何も食べる気がせず、運ばれてきた皿を所在なげにつつくだけで、口には入れなかった。

ナランチャの眼が気になっていた。その眼をどこかで見たような気がしたのだ。妙に空っぽなその眼を、確かに知っていると思った。

「困りますね、フーゴさん――」

店の主人が来て顔をしかめながら話しかけてきた。ここはブチャラティの縄張りの中なので、フーゴには店を保護する義務がある。

「あの手のガキどもがすぐにつけあがることはご存じでしょう？　これからヤツらがつるんで店に集まってくるようになったら――」

くどくど言ってくる主人に、フーゴはややぶっきらぼうに、

「その心配はないよ――あいつにそんな仲間はいない」

と断言した。してから、どうして自分にはそんなことがわかるのだろう、と思った。だがそれは確信であり、間違っているとは考えない。

「そうですか？　でも——」

「わかっているよ。二度と同じことはしないし、ブチャラティにも伝えておくよ」

主人はため息をついて、

「ブチャラティさんはどうにも甘いところがありますよね——いや、うちのマンマも彼がお気に入りなので強いことは言えないんですが、もう少しみかじめ料を払ってもいいから、はっきりとした示しをつけてもらいたいもんですね」

「今のところ因縁を付けてくるヤツはいないんだろう？　ならいいじゃないか」

「もっと上流の方の客が欲しいんですよ。金払いのいい客が。貧乏人が集まってくるようじゃね——」

主人の言葉に、フーゴはいきなり立ち上がって、熱々の料理が盛られている皿をいきなり素手の拳《こぶし》で殴りつけて叩き割った。

キレていた。

突発的に怒りがこみ上げてきたとき、彼はそれを抑えることができない。自分でも何をするのか予想できない。

ひっ、と主人が驚いて身を退《ひ》いた。フーゴは無表情のまま、彼の方には視線を向けずに、火傷し、陶器の破片が突き刺さって出血している手で、ずっしりと重い財布を取り出して丸ごと主人の方にぽい、と投げた。

「弁償代と、迷惑料だ――釣りは要らないよ」

言い捨てて、そのまま店から出ていった。

何に怒っているのだろうか。それを考えるのも面倒くさかった。


それから半年ほど経った頃のことである。通りを歩いていると、ナランチャの姿が見えた。彼のところに駆け寄ってくる。

「よ、よー――あんた、あんただったよな。あのときにオレを助けてくれたのは」

ナランチャは病気も治ってすっかり元気になっていた。フーゴはちょっと、うっとうしいな、と思った。他人に馴れ馴れしくされるのは嫌いだった。だがナランチャは妙に必死な調子で、

「あんたを捜していたんだよ、あんたぐらいしかアテにできないんだ」

と言ってきた。その眼を見て、フーゴは、

(――おや?)

と思った。なにか違和感があった。それは以前に見た少年の眼とは変わっていた。

「あんたは〝組織〟の人間なんだろう？　街の噂で聞いたよ。ブチャラティの片腕だって――すげえよな。みんながあんたに一目置いてるよ」

「君はナランチャ君でしたね。ぼくに何か用ですか？」

「ええと、あんたを見込んで頼みがあるんだよ。いやお礼はできるだけのことはするよ。オレ

を、その――〝組織〟に入れてくれないか？」

「ブチャラティはなんと言っているんです？」

フーゴは知っていて、あえてその質問をした。案の定ナランチャは眉を寄せて唇を尖《とが》らせた。

それから言いにくそうに、

「えと――〝ガキは親のところへ帰るもんだ、学校へ行け〟って――」

「なら、そうすりゃあいいでしょう」

「そ、そんなこと言ったってよ！　ほら、あるじゃあねーか、なんつーかよ、だからさ、ええと――」

反論がまったく要領を得ていない。何が言いたいのか、ふつうならば理解不能だろう。しかしフーゴには何故か彼の言いたいことがわかった。

「親は信じられない、学校もウソばかり教えられているような気がして落ち着かない、ですか」

フーゴの言葉に、ナランチャはびっくりしたような顔になった。

「そ――そうそう！　そういう感じだよッ」

「あきらめなさい、それが世の中ってモノでしょうが」

「つ、冷たいこと言うなよォ――あんただってわかるだろう？　彼のことを思うと、こー――胸の中がすごく落ち着くんだよ。勇気が湧いてくるんだよッ。だって、何の得もないのに、オレみたいな薄汚いガキを本気で怒ってくれて――親父や先公たちは、憂さ晴らしでしかオレを怒ったりしないのに――彼は」

ナランチャは半ベソになっている。しかしそれでも、その眼だけは光を失っていない。

あのときの眼とは、もう違っている。ゴミ箱を漁っていたときの眼、何の希望もなかったときの眼ではない。彼はブチャラティに出逢って、それを見出したのだ――〝未来〟を。

こういう風に生きたい、という黄金のような夢を見つけたのだ。

(――――)

ここでやっと、フーゴはあのとき自分がどうしてナランチャを助けたのか、その理由がわかった。

(そうか――コイツ、ぼくに似ていたのか。ブチャラティに助けられる前の、警察に一人取り残されていたときのぼくに)

救いなどあるはずがないと思い、すべてに投げやりになっていたときの自分と同類が目の前にいたので、つい手を出してしまったのだ。そういうことだったのだ。

だが今は、もう――違っている。

その眼はもはや、欠片もフーゴに似ていない。

今のフーゴでも過去のフーゴでもない、まったく別の眼差《まなざ》しがそこにはあった。

「な、なあ頼むよ。ブチャラティには内緒にするからさァ――」

ほとんど拝むような姿勢で、ナランチャはフーゴにすがりついてくる。彼はここでフーゴが断っても、絶対にあきらめないだろうと思った。しかし〝組織に入れてくれ〟などと色々なところで言い回ったら生命《いのち》がいくつあっても足りないだろう。

フーゴは、すうっ、と息を吸って、吐いた。そして静かな口調で言った。

「ナランチャ君――後ろを向いてみろ」

「え？　なんで？」

「いいから、向いてみろ」

ナランチャはとまどいながらも、ゆっくりと首を後ろに回していった。その眼が「ん？」と訝《いぶか》しげに細められて、そして次の瞬間、

「――わっ⁉」

と悲鳴を上げた。

「な、なんか――なんかいるッ！　ぼんやりと、幽霊みたいな――」

その反応を見て、フーゴはうなずいた。

「ぼくの〈パープル・ヘイズ〉が見えるということは、君には〝素質〟があるということだ」

「え？　ええ？　えええ……？」

「これなら〝ポルポの入団試験〟にも〝合格〟できるだろう――無駄死にはしないですむ」

フーゴが〈パープル・ヘイズ〉を戻すと、ナランチャは眼を丸くしつつ、

「つ、つまり――オーケーってことか？　オレを〝組織〟に入れてくれるのか？」

「紹介はしましょう。後は君次第だよ。ただし幹部との面接の時には、あんまり馬鹿丸出しでは喋らない方がいいでしょうね」

フーゴがそう言うと、ナランチャはちょっと顔をしかめて、

「――馬鹿、ってことはねーだろ」

「だからそういう風にすぐに言い返すのが、馬鹿っぽいんですよ、ナランチャ君」

「あのさァ――さっきから気になってんだけど、なんなのソレ」

「ソレってなんです、ナランチャ君」

「いや、だからさ――なんであんた、オレを〝君〟付けで呼ぶワケ？　なんかすっげえ上から見られてるみたいで腹立つんだけど。あんた、オレよか年下なんだろう？」

「だからなんです？　君が〝組織〟に入るならぼくは先輩ですよ」

「そりゃそーかも知んないけどよォ――」

ナランチャはどうにも不満そうである。その理由はわかる。彼はブチャラティ以外の人間には決して舐められたくないのだ。〝組織〟の権力などにも関心はないのだ。

「――やれやれ、じゃあナランチャって呼び捨てにしますよ」

「なんでだよ。もっと馬鹿にしてないかソレ」

「ぼくのこともフーゴって呼び捨てにしていいですから、それでおあいこですよ」

「なーんかスッキリしねーなァ──ナランチャさんって言えねーのか?」

「嫌ですよ、そんなの。馬鹿相手にさん付けなんて。対等だからいいでしょう? ブチャラティもそうやって仲間のことを呼びますよ」

「そ、そうか? ──いや待て、今また馬鹿って言わなかったか?」

「くどいヤツはブチャラティに嫌われますよ」

「う、うーん──」


……あのときは、フーゴとナランチャは対等だった。同じようにブチャラティに助けられて、その恩に報いることを生き甲斐にしていて、そこに差はなかった。

しかし──今、ナランチャは既に亡く、フーゴは裏切り者の汚名をそそぐために、麻薬チームと殺し合いをしに行かされている。

いったいどっちが〝上〟なのだろうか。年上ということにこだわっていたナランチャなら、どういう風に感じるだろうか。

いや──だから、もうそのナランチャはいない。答えはフーゴが自分だけで考えなければならないのだ。

(ナランチャ──あれはどういう意味だったんだ? 君がサン・ジョルジョ・マジョーレで言った、最後の言葉の意味は……)

フーゴがそんなことを思っている間にも、船はどんどんシチリア島に接近していく。

「雨が降ってきたわね――」

シーラEが空を見上げながら言った。

しとしと――と霧雨が曇った空から落ちてきていた。

*

ムーロロの判断で港に船をつけることは避けて、岩場の近くに停泊して、島へはゴムボートで上陸することにした。島には切り立った岩肌が剝《む》き出《だ》しになっているところが多く、そういう場所ではそもそも接岸することさえできないが、彼らの場合は〝能力〟のパワーを使って崖の壁面をよじ登ることができるので、問題なかった。しかしムーロロは自分の能力が〝力仕事に向かない〟というので、フーゴの〈パープル・ヘイズ〉とシーラEの〈ヴードゥー・チャイルド〉を使って引き上げた。フーゴは誤ってウィルスを撒《ま》き散《ち》らさないように気を使わされた。

「ヨットは放っとくの？」

「あの中にはセンサーが仕込まれている。侵入者がいたら、すぐに連絡が来る。監視カメラにヴォルペたちが映っていたら即、自爆させる」

「無関係の人間が間違って入り込んだら危ないんじゃないの？」

「いいんだよ、そんな細かいことは。そいつに運がなかっただけだろう」

「…………」

シーラEは少しの間ヨットを見つめていたが、やがてそこらに転がっている硬い岩石を〈ヴードゥー・チャイルド〉でヨットめがけ『エリィィィ――ッ』と投げつけた。

ヨットの船体は超高速で発射された岩石に貫通されて、みるみる沈んでいく。

「お、おいおい――」

ムーロロは顔をしかめたが、シーラEは平然と、

「さあ、行くわよ」

と歩き出してしまった。しかたなくフーゴたちも後をついていく。

岩場には舗装された道などなく、激しい傾斜で足場の悪いコースをじりじりと進む。その頭上から降ってくる霧雨は強まる気配はなかったが、止《や》むようにも見えなかった。どんよりとした空には雲の切れ目ひとつ見えない。地中海沿岸は季節の変わり目には気候が乱れやすいから、そのためだとも思えたが、

（それで目立たずに島に上陸もできたんだが――逆にすんなり行きすぎているような気もするな）

フーゴはそうも考えていた。なんと言っても麻薬チームの連中は、ジョルノの包囲網を突破してこのシチリアまで逃げてきた凄腕なのだから――。

ぶるるっ、とフーゴの身体がわずかに震えた。ジョルノのことを考えたときに、反射的に鳥

肌が立ったのだ。

　共に行動した期間はわずかだったが、あの金髪の少年は後から思うといつでも〝正しい方〟のことしか言わなかったし、行動は常に、その後の大きな展開に繋がることだけを的確に実行した。フーゴが〝どうしようもない〟としか思えなかったことを、いとも簡単に突破していってしまった。

（どうしてジョルノは、ぼくに麻薬チームを追わせているんだろう？）

　あの少年は無駄なことはしない。この作戦にも明確な理由があるはずだ。単に裏切り者に、裏切り者の容疑者たちをぶつけて一挙両得、などというそんな安易なことを、ジョルノが選択するとは思えないのだった。

（なにか目的があるのではないか――隠された真の目的が――）

　するとシーラEが、いつのまにかそんな彼の顔を横から、じっ、と見つめている。

「な、なんだい？」

　歩きながら、フーゴはシーラEに訊《たず》ねる。シーラEはフーゴの方ばかり見て全然前を見ていないのに、まったく足取りを弛《ゆる》めない。足場が悪いのに、よろめく様子もない。山猫か忍者か、みたいな少女だった。

「あんた――今、ジョルノ様のことを考えていたわね？」

　ズバリ当てられて、フーゴは少し鼻白んだ。

「別に良からぬことを考えていたわけじゃないよ。ただ、彼はこの作戦にどれくらいの成果を期待しているのか、と思っていただけだ」

「あんた――ジョルノ様と会ったとき、何を思った？」

「何を、って――」

「何を感じた？」

「それは……」

フーゴは少し言い淀《よど》んだ。しかしシーラEの眼が誤魔化しを許さない鋭いものだったので、正直に言う。

「……あのときはまだ、彼の正体を知らなかったから、呑気《のんき》に考えていた。だから――一見〝弱さ〟とも取れる控えめの態度があるが、これから大きく成長する可能性を秘めた男かも知れない、と――」

「………」

「あくまで、そのときの感覚だよ。まだぼくはそのとき、彼はブチャラティが引き込んだ新入りとしか思っていなかったんだから」

「………」

シーラEはなんだか疑いの眼差《まなざ》しで彼のことを見つめている。やがて彼女は、

「ジョルノ様は、私にこう言った――〝君が、ぼくのことをまっすぐな人間だと感じたのは、

君自身がまっすぐな人だからだ〟って――」

と唐突に言った。

「……は？」

フーゴの戸惑いを無視して、シーラEは続ける。

「同じことをミスタ様にも聞いてみた。すると彼はジョルノ様のことを〝縁起のいい男かも知れねーな、ラッキーボーイか〟って思ったって――意味わかる？」

「え、えーと……」

「ラッキーボーイなのは、ミスタ様ご自身よね？　つまり人がジョルノ様を見るとき、そのあまりにも巨大な〝器〟を前にして、ついそこに自分自身を反映してしまうのよ。丸ごと呑《の》み込まれてしまうから、そこで感じられるのは結局〝自分〟になってしまうのよ」

彼女は知らないことであるが、他にも広瀬《ひろせ》康一《こういち》という少年がジョルノのことを〝さわやかなヤツでした。荷物を盗まれたのに奇妙なんですけれど〟と称している。康一自身もまた友人のすべてから好かれている実に〝気のいいヤツ〟でもある。

「…………」

フーゴは口ごもってしまって、反応できない。シーラEはなおも疑わしそうに、

「それでいくと、成長する可能性を秘めているのは、あんた自身ということになってしまう。少なくとも自分は成長できると無意識で思っている、と――でもあんたの〈パープル・ヘイ

ズ〉――ウィルスばらまいて大量殺戮《さつりく》、って能力はどー考えても〝終点〟よね。その先があるとは思えない性質だわ。それのどこに〝成長〟があるってのよ？」

と詰め寄るように質問してきた。フーゴには答えようがない。

「そう言われても……」

「おい、何ワケのわかんねー喧嘩《けんか》してんだオメーら。オレたちみたいな身分が下の者がジョルノ様やミスタ様のことをアレコレ言ってんじゃあねーよ。不遜だぞ」

遅れがちだったムーロロがひいひい言いながら接近してきて、二人を叱った。しかしシーラEは彼の方を見もしない。

急に前方を向いて、鼻でクンクンと嗅いでいる。

「この〝臭い〟――」

「あ？」

「この吐瀉物《としゃぶつ》の臭い――ここまで胃酸が濃く、発酵を伴わない腐敗臭が混じっているものは、間違いない――」

意味不明の言葉をぶつぶつ呟《つぶや》いていたかと思うと、次の瞬間シーラEは、その足場の悪い岩肌の地面を蹴って、全力疾走で飛び出していった。

「お、おい――？」

フーゴが声を掛けても、彼女は、

「あんたらは街で待っていろ——確認してくるッ！」

と言っただけで、振り向きもしない。そのまま走っていって、あっという間に見えなくなる。

「な、なんだァあいつ——何を確認するって？」

「わからない——」

ムーロロとフーゴはその場に取り残されて、しばし茫然《ぼうぜん》となっていた。

＊

シチリア島沿岸部の街並みはおしなべて、狭い。

傾斜がきついところに、なんとか建物を建てられる少ないスペースを有効に活用するために人々が密集して住んでいるからである。車が通れず、人と人がすれ違うときに肩と肩がかろうじてぶつからない程度の道が多い。庭などのスペースもないため、建物の壁面がすぐ通りに面している。

海辺に目を向ければ、素晴らしい悠然たる景観が広がっているのだが、身近な地面はとても閉鎖的で入り組んでいる。

そのコントラストは、観光地としてここを訪れる者にとってはメリハリの利《き》いた魅力となるのだが、住人がどう感じているのかは、実際に住んでみなければわからないことなのだろう——。

「…………」

　そのような狭い路地の中に、シーラEはひとり足を踏み入れた。老朽化がひどく、もはや住人はいないようだ。歴史的なものとして保存されるのか、それとも取り壊して整備するのか、どちらとも決めかねて放置されている中途半端な状態らしい。

　石畳《いしだたみ》の路上を霧雨が濡らしている。その片隅に彼女は身体を屈める。そこには他とは色が違う染みができていた。鼻を近づけて、さらに臭いを嗅ぐ。

　手は触れない。眼も閉じない。調べながらも警戒を解かない。必要以上に接近もしない。何度か確認するように、うんうん、とうなずく。

「男だ――普段は酒の方を飲んでいて、薬はやっていなかったな……チームのメンバーでは、ないかな……?」

　彼女の嗅覚は、その吐瀉物《としゃぶつ》――つまりゲロに〈マニック・デプレッション〉の薬物を投与された者の身体反応を嗅ぎ分けていた。これは能力とは関係のない、彼女の特技のひとつだ。子供の頃に飼っていた犬と一緒に森の中で遊び回っていたときに研ぎ澄まされていった感覚だった。その犬は彼女にとってかけがえのない親友だったが、ある日遊び半分の不良たちに殺されてしまった。そのときの怒りが今も彼女の中にある。彼女が根本的なところで人間嫌いなのは、この幼少期の体験に依るところが大きい。他人に対して容赦しようという気が薄いのだ。どうせ一皮剝《む》けば連中は皆、愛犬トトォを殺したヤツらと同類、という意識があるのだ。これは大切な姉もまた殺害されたときに決定的になってしまった精神で、おそらくはもう一生癒されない。

「しかし反応が濃すぎる――薬物として摂取したにしては、ナマすぎるか……」

彼女が呟《つぶや》いていると、その背後の壁で奇妙な現象が生じた。

完全な平面であり、硬いはずの壁面が一瞬、波打つように、ゆらり、と動いたのだ。

その揺らぎは微妙に移動していき、彼女の足下の地面にまで滑ってきた。そして石畳のほんのわずかな隙間から〝それ〟が飛び出してきた。

紙のようにぺらっぺらの、それは〝手〟だった。

その手にはやはり厚みのない針が握られていて、その先端をシーラEの背中に突き刺そうと突き出してきた。

その瞬間にはもう彼女は、その場から消えていた。

上へ。

カモシカのような跳躍力で地面を蹴って、壁に飛び移り、そこに指先を引っかけて蜘蛛《くも》のように貼り付いていた。

するるっ、と平たい手は奇襲が失敗したことを悟ってまた姿を消した。

「――今のは」

シーラEはちらと見えたその敵に思い当たる節《ふし》があった。

「物体から〝厚み〟を奪って平たくしてしまう能力──〈ソフト・マシーン〉か？　おまえ〝組織〟のメンバー、マリオ・ズッケェロだな……！」

言いながら、彼女の視線は通りのあちこちに向けられる。石畳ブロックの継ぎ目、壁のひび割れ、そんなミクロン単位の空間さえあれば、そのあいだを〈ソフト・マシーン〉は移動できるのだ。いつまでも同じところにはいない。

「ズッケェロ、おまえは私たちに先行してヴォルペたちを追っていたはず──裏切ったのか？　それともヤツに麻薬漬けにされて、操り人形と化したのか？」

ばっ、とシーラEは壁から離れて、さらに孤立したところに移動する。建物から突き出した避雷針のところまで行く。

そこから街並みを見おろす──狭い路地が無数に入り組んでいるこの地域、ここは確かに、

「──なるほどね、だだっ広いところが苦手なのが〈ソフト・マシーン〉──このタオルミーナは逆に、いくらでも隠れる場所のある絶好の襲撃ポイントというワケか……」

シーラEは鼻をくんくんと動かしたが、吐瀉物の刺激臭が強すぎて、ズッケェロの体臭を感知できないことに気づいた。それに霧雨にも臭いを消してしまう効果がある。

（しかも、雨水が地面を濡らしているとき、その水分の膜と石畳の間にも入り込める……天候との相性も最高ね……）

絶体絶命──そうとしか思えない状況の中で、しかし──シーラEの顔に浮かんでいるのは

不敵な笑みだった。

　ふふん、と口元を吊り上げて、そしてどことも知れぬ相手に話しかける。

「なあ、ズッケェロ――おまえは、私のことを知ってる？　おまえってローマの地区チームにいたのよね？　ならシーラEの名前ぐらいは聞いたことがあったんじゃあない？　あそこで賭博を仕切っていたミランツァ組を潰して、〈パッショーネ〉の縄張りを広げたのはまだ十歳だった頃の私だからね――その功績で、私はボス親衛隊に取り立てられたのよ」

　反応はない。しかし彼女はかまわず続ける。

「私のEは〝復讐《エリンニ》〟のE――その名は敵に対し無慈悲であることを誓ったしるし。どうかしら、ズッケェロ――お前はこの名を前にしても、まだ私に刃向かおうっていうの？」

　傲慢《ごうまん》ともいえる一方的な物言いをしても、ズッケェロからの返答はない。

　路地の一角で、ゆらり、と壁が動いた。

　それを見たシーラEの動きは迅速だった。

　そこへ飛び込んでいき〈ヴードゥー・チャイルド〉の拳《こぶし》を叩き込む。

　しかしそれは単に上から垂れてきた雨水に過ぎなかった。ハズレだ。それでもシーラEは、そのまま相手が接近してくる可能性を考えてか、四方八方にやたらめったら攻撃を繰り出す。壁や地面がどんどん破壊されていくが、手応えはまったくない――それでも構わず彼女はどこまでも攻撃を繰り出し続ける。

『……エリエリエリエリエリエリエリエリエリエリエリエリエリ……ッ！』

――その破壊衝撃は間隙に潜んでいるズッケェロのところまで響いてくる。しかし直撃でない限りなんの意味もない。

彼の中には今、灼《や》けるように熱い感覚だけがある。その感覚がズッケェロをぺらぺらの腑抜けにせずにはおれないのだった。接近してきた者をすべて攻撃する、彼は〝地雷〟と化していた。貧しい環境で育った彼が裏社会でのし上がるために鍛えに鍛えた能力戦闘術が今、単なる反射行動になってしまっていた。プログラム通りに実行されるだけのロボット、いやそれ以下の自動ドアの開閉センサー同然の装置にされていた。

攻撃音に混じって、シーラEの呟きも響いてくる。

「この……ズッケェロ、ズッケェロ、ズッケェロ……ッ！」

彼の名を連呼している。苛立《いらだ》たしげな様子も感じられるが、もうズッケェロにはそういう印象などはない。

ただ、声のする方に自動的に向かっていって、その後背を取るだけだ。死角の間合いは身体が憶えている。何も考えずに彼は飛び出して〈ソフト・マシーン〉の鋭い針を彼女の背中に突き立てる――

——空を切る。

（……？　……？　……？）

ズッケェロの反射行動が混乱する。神経が次に取るべき行動を見失いパニックに陥る。

いないはずはないのに、そこにシーラEがいないのだった。

彼の厚みのない身体が石畳の間から出てきて、その眼で理解不能の事態を確認しようとする
……と、そこにあったものは、

（唇……だけ——）

そこで「ズッケェロ、ズッケェロ——」と喋っているのは、地面に刻まれた裂け目が変形した唇だった。

〈ヴードゥー・チャイルド〉の能力が、今さっきそこで喋っていたシーラEの言葉を反復していただけだったのだ。シーラEがべらべら喋っていたのは挑発でも傲慢さ故でもなく、この〝罠〟を仕掛けるための布石だったのだ。

そして——次の瞬間、その罠が完成する。

ズッケェロが出てきた裂け目が、そして周囲に刻まれていた亀裂がすべて、唇に変わる。

がちっ——

と嚙みついてくる。

ズッケェロの厚みのない身体に、無理矢理ビニールの封を開けようとするときのように歯を

立てて、ぎりりっと噛み締めてきた。身動きがとれなくなる――さらに唇は地面を滑るように移動していき、ズッケェロを引き伸ばしてしまう。森の猟師が獲物の毛皮を剝いでログハウスの壁に飾るように、彼の身体も〝ハリツケ〟にされてしまった。

「おやおや――思ったよりも伸びないわね？」

離れたところにいたシーラEが彼の前に歩いてきた。

すべては計算通り――ズッケェロが地面に潜っている間は、視覚ではなく聴覚に頼って外界を認識しているはずだと推理した段階で、もう彼女は作戦を完璧に完成させていたのだった。初めから捕らえるだけで殺す気はない。彼は貴重な手掛かりなのだから。

「てっきりゴムみたいにびろーんって伸びるものだと思っていたのに、そんなでもないんだ？ただ薄くなるだけか」

「ぐ、ぐぐぐ、ぐぐぐ――ッ」

ズッケェロの、もはや正常な発音ができない唇が、ひくひくと蠢《うごめ》く。

「あーあ、もう話せないかな？　でも大丈夫、私は読唇術もできるから、安心して言いたいことを言ってみなさいよ」

「げ、げげげげ、ぐげ、ぐがががが――ッ」

「なになに……〝いないと――めだ〟……なんのこと？　もうちょっとハッキリ動かせないの？」

　シーラEはさらにズッケェロの顔を手で摑《つか》んで、引っ張って唇をさらに強調させる。ズッケェロの方はそうされても行動がまったく変化せずに、唇も動き続けている。

「ぎぎぎ、ぎぎぶ、ぶぶぶぶばば……」

　音の方は空気の漏れる量が変化したのでまったく違うものになるが、動きそのものは大差ない。シーラEはなんとかそれを読み取ろうとする。

「ええと……〝ごいて、動いて、動いていないと、駄目だ……〟だって？」

　動いていないと駄目、なにがどう駄目なのか——そのことをシーラEが悩む必要はなかった。次の瞬間、壁に貼り付けられているズッケェロの薄い身体が、ぎゅううゥッ、と皺《しわ》だらけになり、そして——破裂した。

　全身で脈打っていた血管という血管が弾け飛んで、夥《おびただ》しい血が四方八方に散布された。生体活動が異常なまでに活性化され過ぎたあげく、肉体が己の血圧に耐えきれなくなってしまったのだった。

「————ッ！」

　シーラEは思わず後方に飛び退いた。くしゃくしゃになったズッケェロの肉体は、本人が死亡したことで〈ソフト・マシーン〉能力の作用を失い、みるみる元に戻っていく——内部から破裂して原形をとどめぬ程に破壊され尽くされた死体に。骨という骨が粉砕されているため、それはなんだか丸めた毛布に泥を染み込ませたような物体になっていた。

「こ、こいつは……ッ！」

シーラEの顔が険しくなった。ズッケェロは操り人形にされていただけでなく、既に始末されていたのだ。あまりにも敵との戦闘能力差がありすぎて――ということは、すなわち……

「――くそッ！」

シーラEは直《ただ》ちにきびすを返して、来た道を逆走していった。

（ズッケェロは――単なる時間稼ぎのオトリ役だったのか……ッ！）

自分がまんまと誘《おび》き寄せられて、フーゴたちから引き離されたことは今や歴然としていた。

とっくに彼女たちは、敵の手の内に落ちていたのだ――。

スタンド名＝ヴードゥー・チャイルド
本体＝シィラ・カペッツート（15歳）

破壊力＝B	スピード＝A	射程距離＝E
持続力＝E	精密動作性＝B	成長性＝B

能力＝物体を殴ると、その物体に唇が浮かび上がり、以前にその近くにいた者の陰口を聞くことができる。それはその人の〝こんな風に思われているんじゃあないのか〟という不安がその場に染み込んで残っているのである。
警戒心——どんな人間にもあるそれをヴードゥー・チャイルドは暴き立てるのだ。近距離パワー型。人間を殴っても唇が出て、その人の深層心理からの罵倒をする。ほとんどの者は耐えきれずショック死するだろう。

Ⅳ. tu ca nun chiagne 泣かないお前 ……………………………

パンナコッタ・フーゴの能力について、チームメイトだったレオーネ・アバッキオはこのように説明したことがある。

『――〝獰猛《どうもう》〟！　それは……爆発するかのように襲い、そして消え去るときは嵐のように立ち去る』

彼は何度かフーゴと一緒に戦ったことがある。アバッキオが調べ上げた事件の犯人をフーゴが始末するという血腥《ちなまぐさ》い仕事ばかりだった。街のギャングである彼らは〝保護〟という名目で、企業のスキャンダルもみ消しのために、大金を横領して逃げようとした者の始末であるとか、パッショーネ下部組織の間での抗争を最小限の犠牲で収めるための処刑であるとか、とにかく警察沙汰にはできないが、街では必要とされる類の汚い仕事を二人で担当したのだ。それは半分はブチャラティからの指示だったが、残る半分はポルポからの命令だったり、内緒でやった後もブチャラティには知らせなかったりするものだった。〝組織〟には報告せざるを得ないのだが、彼らのリーダーは始末する相手に幼い娘がいたりすると見逃しかねないと思ったからだ。

　フーゴの判断でブチャラティがどうも必要以上に罪悪感を抱えてしまう傾向がありそうだと思ったときには内緒にした。そういうときでもアバッキオはふつうに協力して、告げ口などはしなかった。自然と彼らはコンビのような印象を周囲に与えることになったが、しかしフーゴは一度もアバッキオに過去を聞いたことはないし、向こうも同様だった。お互いが何を考えているのか、まったく知らないままだった。そういう機会はなかったが、おそらくどちらかを切り捨てなければならない状況になったら、アバッキオは簡単に自分を見捨てるだろうとフーゴは思っていたし、自分もそうだろうと感じていた。

　信頼がないわけではないのだが、そこにはなんというか〝絆〟がなかった。それは最初からそうだった。

　警官だったアバッキオの汚職が発覚して、彼が裁判に掛けられている途中でフーゴは、謹慎中のアバッキオに会いに行った。彼が賄賂をもらっていたチンピラが〝組織〟傘下の者だったので、その情報を得ようと思ったからだ。チンピラ本人は警察の拘置所内で真夏なのに凍死状態という変死――既に〝組織〟の他の者に始末されていて、話を聞けるのがアバッキオしかいなかったのである。

「――――」

　酒や女に溺《おぼ》れて、すっかり荒《すさ》みきって、眼の下に深い深い隈を作っていたアバッキオは、訪問して来たフーゴを見ても冷たい眼差《まなざ》しを向けてくるだけで、何も返事をしなかった。

「ねえ、利口になりましょうよアバッキオさん。あなたはこのまま刑務所に行ったら、間違いなく死にますよ。元警官があの中で他の囚人たちからどんな目に遭わされるのか、あなたも知っているでしょう？　しかも刑務官は誰もあなたを助けない。最低のクズだとしか思ってもらえないですからね」

「………」

「あなたが見逃していた地域は、どこからどこまでだったのですか？　あなたはあのチンピラに向かって発砲するのをためらったそうですが……それは何らかの取引があったからですか？」

「………」

「麻薬はどうです、あのチンピラは麻薬の取引をしていたんじゃないですか。あなたはそれを見逃していた――違いますか？」

「………」

「だんまりですか、困ったな――」

フーゴは眉間《みけん》に皺《しわ》を寄せた。彼としては街に麻薬を広めているのが実は〈パッショーネ〉自体ではないかという疑問を持っていて、それを確認したかったのである。

（すでに敵対組織はかなり掃討されたのに、麻薬の流通量がちっとも減らないのは、謎のボスが禁じ手のはずだった麻薬を扱いだしているからなんじゃあないのか、と思うんだが……）

もしもそうならば、ブチャラティはなんとも気まずい立場に立たされることになる。街でブチャラティが信頼と人望を集めることに成功しているのは、麻薬を一掃してやるという彼の姿勢が市民の共感を得ているからだ。それが覆《くつがえ》ってしまうのはいかにもまずい。

（どうすべきか――）

少し考え込んでいると、目の前のアバッキオが急に、

「――なんでだ？」

と訊《き》いてきた。

「え？」

「なんでおまえは、そんなに真剣な顔をしてやがるんだ――薄っぺらなガキの癖《くせ》に」

ものすごく険悪な顔で、苛立《いらだ》たしそうに言われる。喧嘩《けんか》売られてるのかな、と思ったが、それにしてはなんだか様子がおかしい。

「えーと――なんですって？」

「おまえはオレと大差ないはずだ……同じようなクズのはずだ……なのにおまえは、なんでそんな風に自信満々なんだ」

「あのねえ、アバッキオさん、ぼくは――」

「わかるぞ、おまえも同じだ。挫折したヤツだ。その腐った眼を見ればわかる――なのになんだ、おまえのその自信は」

「どういう言いがかりなんですか、それは」

「おまえが〝それ〟を教えたら、オレも知っていることを洗いざらい教えてやる」

「それ、ってなんですか？」

「おまえの〝理由〟だ。おまえがそんな風に前を向いていられる理由を、オレにも教えてくれ」

「ぼくはただ〝組織〟に忠誠を誓っているだけですよ」

「なら、オレにもその方法を教えてくれ」

アバッキオがそう言い出したので、フーゴは眼を丸くした。

「君は〝組織〟に入りたいと言うんですか？」

「おまえが、それが理由だというなら、そうする」

「君は警官上がりですから、絶対に〝組織〟で出世はできませんよ。縄張りを任せてもらえることもなく、一生ずっと誰かの助手みたいな仕事をしなきゃならない。それでいいんですか？　それに後ろから誰かに刺されるかも知れない。〝組織〟の方もあなたを真剣には守ってくれないでしょう。素直に取り引きして金をもらって、外国で遊んで暮らした方がいいと思いますがね」

「…………」

アバッキオはその忠告には耳を貸さずに、ひたすらフーゴのことを睨《にら》みつけてくる。それは怖ろしく暗い昏《くら》い眼であった。

……彼とアバッキオを結びつけた〝麻薬〟――その元凶であるマッシモ・ヴォルペたちのチームと、フーゴはこれから遭遇する――殺し合いが始まる。

＊

タオルミーナの東端には紀元前三世紀前から存在する野外劇場がある。舞台を囲むような半円形をしているギリシャ劇場――テアトロ・グレコである。ここを造ったヘレニズム文化も、後に改装したローマ時代も遠くに過ぎ去った今になってもなお、かなり良好な状態で保存されている。観光名所のひとつであるが、さほど混雑しているわけでもなく、のんびりと散策もできる場所である。

そのテアトロ・グレコにフーゴとムーロロは足を踏み入れていた。

霧雨の降りしきる屋外は、がらん――と閑散としている。

「おいおいおい――ちと見込み違いだな」

ムーロロがぼやいた。

「観光客にまぎれて街に入り込もうと思ったのに――これじゃあ逆に目立つぞ。雨が降ってるせいかな……」

「しかし、ここまで来たらしょうがないだろう。多少危険でも割り切るしかない」

「オメーって慎重なのか投げやりなのか、よくわかんねートコあるよな。あきらめがいいっつーのかよォ——一度そうだって決めたら、もうそれ以上考えねーっつーか。でもそっから先を悩むことが事態を切り開いたりするもんなんじゃねーのか」

「ぐじぐじ悩むのは時間の無駄だよ。情報さえ揃《そろ》っていれば、自ずから答えはひとつしか出ない」

「だからそーゆー考え方が固定的っつーんだよ。シーラEもオメーも。柔軟さが足りねーんだよ。柔軟さがよォ——」

上から目線で説教してくる。しかしその根拠がいまひとつ希薄である。ただただ偉そうにしたいだけにしか思えない。その態度はフーゴに、人生転落のきっかけをつくった教授を連想させた。

「気をつけた方がいい」

フーゴの冷たい声に、ムーロロは「あ?」と眉をひそめる。

「なんだって?」

「ぼくを無意味にイラつかせない方がいい——キレたら自分でも何をするのかわからないからな」

これは脅しではない。実際に彼は、特に意味がないような状況で、勉強を教えてやっていたナランチャが簡単な計算問題を間違えただけなのに、その頰にいきなりフォークを突き刺したことがある。勉強を教えるのはそれが初めてでもなかったし、ナランチャが間違えることなどいつものことだったのに、そのときだけは何故かキレたのだった。そのきっかけが自分でもまったく識別できないのだ。

む、とムーロロは唇を歪める。

「おいおいおい、どーゆーヤツなんだよオメーは。〝取り扱い注意〟ってか。〝さわるなキケン〟かよ。座禅でもやって精神修行した方がいいんじゃあねーのか、だいたい――」

うんざりした調子のムーロロの言葉がふいに途切れた。

無言になってしまった彼の方を向くと、彼はフーゴのことを見ていない。別の方角――テアトロ・グレコの傾斜している観客席の方を見ている。その顔色が変わっている。信じられない、という顔になっている。フーゴも同じ方を見る。

ひとりきり――観客席に男が座っている。雨よけに蝙蝠傘《こうもりがさ》を持って、風景写真の一部のように姿と印象が周囲に溶け込んでいる。

男はかなりの高齢のようで、顔には深い皺《しわ》が無数に刻まれているが、身体は痩《や》せていて一本の芯が通っているように背筋が伸びている。

その一見穏やかそうな、しかしどこかで決定的に鋭すぎる眼差《まなざ》しを持つ老人の顔を、フーゴは提示された資料写真で見たばかりだった。

「ま、まさか——アイツは……ッ？」

フーゴの驚きの声に、ムーロロが呻《うめ》きで応える。

「間違いねえ……ヤツだ、麻薬チームのリーダー、ヴラディミール・コカキだ……ッ！」

老人は二人のことを、まっすぐに見つめている。

もちろん——待ち伏せされていた。偶然などではあり得ない。だが一人というのは……。

「……？　？　？」

ムーロロは焦って周囲を見回す。しかしコカキ以外の敵の姿はどこにもない。気配さえもない。

「く、くそ——だがここは……」

ムーロロが逃走を考えたそのとき、既に自分の同行者はコカキに向かって歩き出していることに気づいた。

フーゴが、敵に向かって歩き出していた。

「お、おいッ……!?」

「やるしかない——今からだと、おそらく逃げられない」

フーゴの声には迷いがない。しかし……

「おいッ、早まるなッ。相手はただの老いぼれじゃあねーッ！　あのディアボロでさえ〝力で屈服させるより交渉で味方にする〟という選択をした、歴戦の凄腕だぞッ！　おまえとは経験が違いすぎるッ！」

ムーロロの悲鳴のような声を背に受けながら、それでもフーゴはまっすぐにコカキに向かっていく。

コカキの方は、うっすらと微笑みながら、自分の孫のような敵の接近をそのまま待っている。

フーゴは相手を睨《にら》みつけながら、必死で頭を働かせていた。

（自信たっぷりで、ぼくらの前に一人だけで姿を現したのは、ある程度はこちらの能力のことを既に知っているということだ……それに勝てるという確信がある。だが――ぼくの〈パープル・ヘイズ〉は五メートルの射程内に入った者には助かる見込みがまったくない能力――単純なパワーでそれを上回るのは考えにくい。つまりある程度は、射程の長い能力のはず。要は、ぼくがその間合いを突破して、こちらの射程内に相手を引き込めばいい……！）

そう思いながら足を進めていく。

（なにかだ、なにかを仕掛けてくる――そのなにかにすかさず〈パープル・ヘイズ〉を叩き込んで、それで生まれた隙を突いて間合いに飛び込むんだ――）

考え得る限り、最善の計算だと選択したのがこれだった。

そんなフーゴを、コカキは穏やかともいえる眼で見つめている。そして口を開いた。

「君は――ボローニャ大学でうちのマッシモと級友だったそうだね」

「――」

「正直、君の評判はあまり良くないよ、パンナコッタ・フーゴ君。どうやら君は人生というものをはき違えているんじゃあないか、と思うね」

「……なんの話だ？」

「君はきっと、こんな風に考えている――〝間違いたくない、常に正解を選びたい〟と――だがその考え自体が、すでに君が勘違いをしているということだ」

コカキはまるで、物わかりの悪い生徒に辛抱強く説明する教師のような口調である。

「人生とはなにか、それはシチリア人なら誰でも知っている。君のようなネアポリスのお坊っちゃまには理解しにくいかも知れないが、人生はつまるところ――〝理不尽〟だ」

「――――」

「うまく行かないのが人生だ。まずはそれを受け入れることだ。そこからすべては始まるのだ。たとえ他人が自分が期待していることをしてくれなくとも、予想と異なる行動に出ても、それを認めることだ。君のようにすぐにキレて周囲に当たり散らすのは最悪だ。それではなにも生まれない。そこには荒廃しかない」

「――――」

「我々シチリア人は〝沈黙〟ということに価値を置いている。〝沈黙〟して〝忍耐〟する――そこに希望というものを見出している。自分の意志だけで人生が切り拓ける、などというのは虫のいい考え方だ。運命はそこまで人に優しくない――〝正解〟などはないんだ、フーゴ君。

君が〝間違っていない〟と決められることなど、この世のどこにも存在しない。君がいくら理想に溺《おぼ》れず現実的だと思う判断をしても、それはしょせん比較の問題だよ。夢と現実にはそれほど違いはない——君の思う現実など、ちっぽけな錯覚のひとつに過ぎぬのだよ」

コカキの静かなる言葉の途中で、フーゴは彼まで五メートルの位置に——〈パープル・ヘイズ〉の射程ギリギリにまで接近できてしまっていた。あと一歩、あと一歩を踏み出せば、それだけで老人に必殺の一撃を叩き込める位置にまで来ている。

だがそこまで来ても、コカキは何もしようとしていない。

能力を繰り出してくれれば、それが見えるはずだ。反射神経も老人である以上フーゴに劣り、何かしようとすれば先手を取らなければならないはずだ。だが何もしてこない。

（どういうことだ——？）

フーゴはいつの間にか立ち停まっていた。いつでも攻撃できるという態勢になったら、そこで迷ってしまっていた。

頭の中では色々と考えている。殺さない方がいいのではないか、無抵抗だとしたら、捕らえて尋問するべきではないか、この老人は単に仲間を逃がすための時間稼ぎをしているだけではないのか、とか——薄っぺらな思考が浮かんでは消える。

わかっている。

そんなのは全部、誤魔化しだということが。

このコカキは彼を殺す気であり、戦いを放棄などしていないことは、その殺気に満ちた視線に晒《さら》されているだけで嫌というほどに感じている。だが――その底がまったく見えないので、どうしたらいいのか決められないだけだった。

（どうした、何をためらっているんだ、ぼくは……）

動かないフーゴに、コカキはゆっくりとうなずきかけてきて、

「君は何も知らないんだ、フーゴ君。君がわかっていると思っていることは、すべて表面的な、薄っぺらな浅知恵にすぎぬ――君は勇気を知らない。人が己を捨てて生きるときの力強さを、なにもわかっちゃあいないのだ。勇気を知らないという点で君は、賢い人間の血を吸おうと嚙みついて叩き潰されるノミにも等しい――」

と言って、口の端をニヤリと上げた。侮辱されている――しかしフーゴは、なぜかカッとはこなかった。どうして腹が立たないのか。たとえばナランチャであれば、ここはすぐに頭にきて突撃するはずのところだ。彼ならば、きっとそうする――。

（ナランチャ――君は……ッ！）

フーゴは怒りでも焦燥でもなく、奇妙な苛立《いらだ》ちに背を押されるようにして、地面を蹴って、コカキがいる野外劇場観客席への傾斜を駆け上がった。

その身体がよろめいた。わずかに足下の地面が崩れたのだ。だがなんということはなく、すぐに体勢を立て直して――と、

「うッ……？」

踏ん張ろうとした足が、ずるっ、と変な風に滑った。何もないところを踏みしめようとしたのだった。だが足場は把握していて、ちゃんと硬いところに力を込めたはずで……と、そう思ったときにはまた足が、がくん、と異常な力み方《りきかた》をしてバランスを崩している。

「な、なんだ……これはッ!?」

フーゴは、自分でも何をしているのかわからない。まるで勝手にダンスを踊っているかのように、足が変な方に変な方にと力を込めてはよろめいていく。

「こ、これは……この感覚はッ……！」

全身に奇妙な浮遊感がある。足を踏み外したときの、ほんの一瞬の感覚がまだ残っている……いや、残っているなどという生易《なまやさ》しいものではない。それが身体に刻み込まれたかのように……

「こ、これはッ、こいつは、まさかこれがッ――」

フーゴはまるで後ろ向きに走っているような姿勢で、どんどんコカキから離れていく――離されていく。

（……〝能力〟！　それしか考えられない。能力の攻撃を喰らっているッ――だがいつ攻撃を繰り出してきた？　ぜんぜん見えなかったし、何も感じなかったぞッ。さっきから感じていたものといえば――それは）

そこまで考えて、やっとフーゴは気づいた。

霧雨が、さっきからずっと彼の身体を濡らし続けていたことに。

（これはッ——これがッ……!?）

見えなかったのではない。感じなかったのではない。とっくの昔に見えていて、触れられていて——襲われ続けていたのだった。

「そうだ——これが私の〈レイニーデイ・ドリームアウェイ〉だよ」

コカキが宣言する。

「君が転倒し続けているその作用——それは私がパワーで小突いているのではない。君だ。君自身の感覚が転ぶまいとして、自動的に反射行動を取り続けているのだ。君が今、一瞬だけ転びそうになったときの感覚を私が〝定着〟させたからな——」

そう言われている間にも、フーゴの身体は奇妙なダンスを踊り続けている。どうしても踏ん張ってしまうのだ。

「感覚の〝定着〟——それが私の能力だ。人は何かを感じずにはいられない。感じたくなくとも、嫌でも常になにかを感じ続けている——私はその一瞬の感覚を永遠にできるのだ。君はこれからずっと〝転びそうだから踏ん張らなくては〟という感覚に縛られ続ける——君はもう〝閉じこめ〟られた。人は、自分自身の感覚からは決して脱出できないのだよ——」

「う、うお、うおおッ……！」

フーゴの身体は大きく傾いたり、ぐるぐる回転したりもするが、しかし決して倒れない。転べばそこで停まることもできるかも知れないが、それも適わない。

「転びそうだという感覚——それはつまるところ、なんだと思うね？」

「うお、うおおお、うおおおおッ……！」

「そうだ……それは〝落下〟だ。君は今、落ちそうだという感覚に囚われている。その落下感覚の行き着く先は——」

　コカキの言葉を、フーゴは最後まで聞くことができなかった。彼の踏ん張ってしまう足の力がどんどん強くなっていき、その方向がだんだん一方にしか向かなくなり——そして彼は、自らの力で、横向きに墜落していった。それは地面を蹴っている動作のはずなのだが、墜落としか言い様がなかった。走るよりも速く、どこまでも加速していく——吹っ飛ばされていく。自らの思いこみで物理法則の限界に挑戦しているかのようだった。

「——うおおおおおおおおおおおお……ッ！」

　絶叫しながらフーゴは一気に、テアトロ・グレコの外にまで飛び出していってしまった。だがどこまで行くのか？

　海に出るのか、壁に激突するのか——いずれにせよ、その先にあるのは〝死〟——それだけだった。

「さて——まずはひとり」

コカキは蝙蝠傘を差したまま、ゆっくりと立ち上がった。

*

フーゴの絶叫は、シーラEの耳にも届いていた。

「くそッ……！」

彼女は歯噛みしながらも、その俊足で音源へと駆けつける。

しかし叫びは彼女よりも遥かに速く、どんどん遠ざかっていく。

そしてその途上で、彼女はテアトロ・グレコに突入した。

「——うっ！」

足が停まる。古い劇場の観客席が崩れて傾斜になっているところから、下に降りてきている老人が、彼女のことを見つめてくる。彼女が来ることを知っていた眼だった。

「こ——コカキ!?」

彼女が声を上げたところへ、ムーロロが走ってきて、その背後に隠れた。

「ば、馬ッ鹿ヤロォ！　遅《お》せーじゃねェかァ！」

「な、なんで——フーゴはどうしたの？」

シーラEの質問に答えたのはコカキだった。

「彼は、私が始末した」

静かな宣告に、シーラEの顔が強張《こわば》った。圧倒的な重圧だった。だがそれにひるむようでは、そもそも彼女はこの場にはいない。

「——〈ヴードゥー・チャイルド〉ッ！」

彼女は地面を蹴って突撃するのと同時に、能力を老人めがけて繰り出していった。

コカキはその場から動かない。シーラEはフーゴと違って、老人に接近する際にあれこれ逡巡しなかった。何も考えず、彼女が喰らわせられるもっとも鋭い一撃を老人に叩き込むことだけを狙った。

ほとんど一瞬で間合いに飛び込んで、老人の顔面にその拳《こぶし》を叩き込む——だがその勢いは、相手の柔軟な動きに流された。

しなる柳が強風でも折れないように、太極拳に似たコカキの動きにシーラEの身体は、するるるっ——と後ろに押し出されていた。

（——くっ、……だが！）

シーラEはすぐに振り向いて、老人に向き直る。

コカキは、打撃そのものにはまったくダメージを受けていなかったが、その頬を指先でさすっている。

剃刀《かみそり》でかるく擦《こす》ったような、かすかな傷がそこにできている——そこから唇が浮かび上がってきた。小さな、女の子の唇だった。

唇はぷるるっ、と震えて「あ……」とかすかな吐息を漏らす。

「これは――」

「私の〈ヴードゥー・チャイルド〉の拳でつけられた傷は唇に変形し、秘められた事実を暴露する――」

シーラEはぴっ、と指差した。

「己の深層心理からの罵倒を聞いて、正気を保てる人間はいない――私の勝ちだッ！」

コカキの頬に付けられた唇が、ぴくぴくと動いて、何かを語りだす……だがそれは、ヴラディミール・コカキ自身の声ではなかった。幼い少女の声だった。


『――お兄ちゃん、幸せな人生だったわ。ほんとうに、信じられないくらいに、幸せ……』


それはとても晴れ晴れとした声だった。充実した体験に裏打ちされた、確かな気持ちが反映されていた。どう聞いても、それが誰かの陰口であるとか、悪口だとは思えない声だった。

「な……？」

理解できないシーラEに、コカキはゆっくりと首を上げて、彼女の方を見る。そして動揺の欠片《かけら》もない声で、

「そうか――こうやって〝後ろめたいこと〟をほじくり出して相手に精神的ダメージを与える

能力というわけか――だが、残念だったな」

　と言って、その頬の唇を指先でなぞった。するとシーラＥが解除もしていないのに、それはコカキの身体に吸収されてしまって、跡形もなくなってしまった。

「な、なんで――？」

「心に罪悪感がある限り、君の能力は絶対に外れない――そうなのだろう？　だからだよ……私には罪悪感はない。常に心の中で、その事実を背負って生きているから、今さら君に暴露してもらわなくとも、いつでもその声を聞いているのだよ」

　コカキの口元には優しげな微笑みが浮かんでいた。

「今の声は、我が妹のアメリアの声だ。彼女の最期の言葉だ。私の腕の中で死んでいった彼女の、人生の終わりの声だ」

「…………」

「一九四三年八月六日――その日に私の妹は死んだ。それがどういう日付なのか、君にはわかるかね？」

「…………」

「そのとき、ここシチリアは戦場だった。ファシスト軍とナチス・ドイツ軍が占領していたこの地に英米連合軍が上陸してきていて、戦いを繰り広げていたのだ。だがナチスどもには、最初からこの地を防衛する気はなかった。適当に戦って撤退することだけを考えていたのだ。それは住民にとっては大いにありがたいことだったが……ヤツらは逃げるついでに、スパイの疑いがあるとして罪のない民間人を粛清していったのだ。私の家にもその疑いが掛けられ、両親は射殺された。私は妹を背負って、必死で逃げた――」

コカキは淡々と語り続ける。そこには昔を懐かしんでいるような響きはない。まるでつい昨日のことを報告しているだけのような冷静さがあった。

「私はその途中で、自分が漏らしていると思っていた。恐怖で小便をチビっていたのだろうと。それでもかまわず走っていたのだが――それは小便ではなかった。アメリアの傷口から洩《も》れている血だった。彼女は流れ弾に当たっていたんだ。いや――」

コカキは眉間《みけん》に皺《しわ》を寄せて、首を左右に振った。

「流れ弾ではなかったのかも知れない。私は逃げていて、兵士どもはその背に向かって発砲してきていたのだから、アメリアは私の盾になって弾丸をその身に受けた、と考えるのが妥当だろうな。私の身代わりとなったのだ」

「…………」

「私は妹を治療しようとしたが、手の打ちようがなかった。出血はひどく、妹はあまりにも幼く、その負傷に耐えられるだけの体力など望むべくもなかった。弱り切った妹は、おかしなことを口走り始めた。幸せだ、といきなり言い出した」

「…………」

「彼女は、自分が逃げ延びたという幻を見ていたのだ。私に向かって譫言《うわごと》のように、よかったね、よかったねと話しかけてきた。その眼にもはや視力がないことは歴然としていたが、私は彼女に向かって何度もうなずいてやった」

「…………」

「そのときだった――私に〝能力〟が発現したのは。私は妹の幻覚を〝定着〟させて、その錯覚を永遠のものとしたのだ。彼女のあり得た未来を、逃げ延びて、平穏無事に暮らして、大勢の孫たちに囲まれて長寿を全《まっと》うするまで――その幻覚をどこまでも守り通したのだ」

「…………」

「彼女が死んで、その一時間後にはその場所を連合軍のパットン将軍率いる戦車部隊が通過していったよ。ほんの少し彼らが早く来ていれば妹は死ななかったかも知れない。だがその運命に私はなにも抗議しない。なぜならアメリアは死ぬまで笑っていた。実際にはそれは、ほんの数分の出来事だったが……妹にとっては八十年分の世界だったのだ。その夢幻と、この現実と、果たしてどれほどの違いがあるかね？」

「……うう」

シーラEは、コカキの穏やかな眼差《まなざ》しに、完全に気圧《けお》されていた。それは彼女の死んだ姉の眼差しと驚くほどによく似ていた。

しかし――しかしだからといって、この老人が敵であることには変わりない。彼女は歯を食いしばって、コカキを攻撃しようとした。

今度は、老人はまったく反応しなかった。動こうとしない。その無防備なところに拳を連打で叩き込もうとして——ことごとく、外れる。

「な——」

いくらやっても、一発も当たらない——シーラEはここでやっと悟る。

すでに自分は、攻撃を喰らっていることに……コカキが彼女の顔色を見て、うなずきかけてくる。

「君は今……ほんの一瞬だけ私に対して〝敵わないかも〟と感じてしまった。もはやその感覚は永遠に定着された——君は私に対して攻撃することも抵抗することも、何もできなくなっているのだ。それが〈レイニーデイ・ドリームアウェイ〉だ」

「う、ううう……」

「君に解除できるかね？　私を精神力で上回れるかな。いや、これは私だけのパワーではないぞ。それはアメリアの幸せな八十年分の人生の重みなのだ。それを破ってまで初志貫徹できるほど、君に確固たる信念があるというのかな」

「……うううううう……ッ！」

「安心したまえ、シーラE。我々は君は殺さない。その理由もない。我々とジョルノ・ジョバァーナの戦いの決着が付くまで、どこかに隠れているがいい。だが——」

コカキはここで、視線を別の方角に向ける。

「おまえは別だ。カンノーロ・ムーロロ」

呼ばれて、ムーロロはびくっ、と身を竦《すく》ませた。

＊

……どういうわけだか、あのときのことを想い出している。

それはミスタも仲間になって、チームが形になり、組織の中で彼らの存在がそれなりに認められ始めた頃のことだった。フーゴはある日、ブチャラティの部屋にひとりだけ呼び出されていた。

「失礼します――」

ドアを開けて室内に入ったフーゴは、そこで少し凍りついた。雰囲気が異様だった。静まり返った室内は窓に厚いカーテンが下ろされて暗く、照明もつけられていなかった。

ブチャラティはリビングスペースのソファに腰を下ろしていた。フーゴは彼のもとへとおそるおそる近づく。

「ええと――ブチャラティ？」

声を掛けると、ブチャラティは指を振って自分の前に座るように促《うなが》してきた。フーゴはしずしずと腰を落とす。膝の上で指を組んで、ブチャラティが次に何を言うのか、待つ。

しかし彼は何も言わない。

沈黙が延々と続き、古い時計がこちこちとかすかに鳴る音ばかりがやけに大きく響く。

（……なんだ？）

フーゴはだんだんと焦《じ》れてきた。いつも即断即決のブチャラティが、こんな風に時間を使うのは珍しかった。

やがてブチャラティは口を開いた。

「フーゴ……おまえは知っていたのか」

訊《き》かれて、一瞬なんのことだろう、と思ったが、すぐに思い当たった。

「……それは〝麻薬〟のことですか？」

「――――」

「ぼくも、少しおかしいなと思っていまして、アバッキオと一緒に少し調べていたんですが――」

フーゴは言いながらブチャラティの反応をうかがう。しかし表情はまったく動かないので、そのまま言葉を続ける。

「――どうやら最近になって、ボスは自ら麻薬の取引を始めているとしか思えない証拠がいくつか出てきました。我々が潰したはずの組織のヤツがまた街にいたので締め上げてみたら、新しい卸問屋がいるんだよ、と笑いながら言われまして――」

「――――」

「ポルポにそう報告すると、あの男はあの巨大な顔を真っ青にして、ぶるぶると震え出しまして――〝そのことにはそれ以上深入りするな〟と命令してきました。どうやらボスは、ポルポには何も知らせていないようです。おそらくあの男がかなりの勢力を持ちつつあることへの牽制として、ヤツには麻薬を扱わせないつもりなのでしょう。そしてポルポもそのことを悟って、必要以上にボスに警戒されたくない、と怯《おび》えているのだと思います」

「…………」

「ポルポがあなたに何も教えなかったのは、そういうことでしょう。あの男は我々にはそのことに関わって欲しくないのだと――それでぼくは」

フーゴがさらに自分の考えを述べようとしたところで、ブチャラティは手を上げて、

「いや――もういい。わかった」

と冷たい声で言った。それは氷のように凍りついた声だった。びくっ、とフーゴは思わず身を固くした。

（――殺される？）

一瞬、本気でそう思った。生死の際《きわ》を横切っているような、そういう張り詰めた気配がその声にはあった。

しかし――ブチャラティはそれ以上は何もせず、ただソファにじっ、と腰を下ろしているだけだ。

その表情は彫刻のように、ぴくりとも動かない。強張《こわば》っているというよりも、それはなんだか――人形の顔のようだった。

フーゴはちら、とリビングの壁に眼を移した。

そこには網が張られて飾られている。それはブチャラティの今は亡き父親が使っていた漁師網だ。あちこち破れて、使い込まれているそれをブチャラティは父への誓いとしていつも飾っているのだ、という話を教えてもらったことがある。

（確かその人は、麻薬取引の現場に出会《でくわ》し、撃たれてしまったという話だった。そのときの傷が元で亡くなられたと――だからブチャラティは、麻薬に対していつも怒りを燃やしていて――）

フーゴがぼんやりしていると、やがてブチャラティが、

「フーゴ――レコードを掛けてくれないか」

と言った。フーゴはあわてて立ち上がった。それはいつもの合図だ。ブチャラティは一人になりたいときに、部下にレコードを掛けてくれと言うのだ。それは〝そのまま出ていってくれ〟という指示なのである。

「は、はい――マイルスの『ビッチェズ・ブリュー』ですか？」

いつものお気に入りでいいのか、と確認したらブチャラティは、このときだけは首を横に振って、

「いや――『死刑台のエレベーター』にしてくれ」

と言った。フーゴは少し意外だった。それはブチャラティのお気に入りアーティストの作品ではあるが、彼はあまり好きではないと言っていたものだからだ。

指示通りにレコード棚からＬＰ盤を取り出して、ターンテーブルの上に載せて、針を下ろす。スピーカーからトランペットの音が陰鬱《いんうつ》に響いてくる。

素晴らしい演奏――奥歯をどこまでも噛み締めるとこのように軋《きし》むのではないかという音と、延々と洩《も》れる吐息のような音が入り混じって、それは蠱惑《こわく》的でありながら悲劇的な色彩をも合わせ持つ曲だった。

それを黙って聞いているブチャラティの横顔をちらと見て、そしてフーゴは、

（――ッ）

と息を呑《の》んだ。そんな眼をしているブチャラティを彼は今まで見たことがなかった。泣いているのかと思ったが、涙など一滴も流れていなかった。むしろ逆に乾ききっていた。唇もかさかさになるほどに色が失せていた。顔面も蒼白だった。そして眼は、潤いというものが完全に消えている眼は、まるで底無しの穴のように光がなかった。

……どうしてあのときのことを想い出しているのか。

あのときのブチャラティに、フーゴは苦しんでいるのだなと感じたが、同時にこの苦悩をも乗り越えてさらに強くなるのだろうとも思った。それは間違っていなかった。それからブチャラティはますます組織の中で確固たる地位を築き上げていっていたし、周囲の矛盾との折り合いを付けるのも巧みになっていった。なんの心配もいらなかったはずだった。

それなのに――どうして今また、あのときのブチャラティの眼を想い出しているのか。

わかっていたはずだった。

ブチャラティが平気ではなかったことは。

ゆっくりと精神が死んでいくだけと悟ったかのような、あのときの眼――ブチャラティにあんな顔をさせた原因は〝麻薬〟だった。

(彼が、あんな顔を――)

どこまでも墜落し続ける感覚の中で、フーゴにある衝動が沸き上がっていく。それは石のように硬いもので、心がそれでみっしりと埋め尽くされていく。他のことなどまったく可能性としてあり得ないほどに、それだけがガチガチに凝り固まっていく。

それは祖母を嘲《あざけ》った教師を前に、重さ4kgの百科事典を摑《つか》んだときと同じ衝動だった。

*

「おまえは別だ。カンノーロ・ムーロロ——おまえのようなヤツは生かしてはおけぬ」

コカキは冷たく言い放ちながら、蝙蝠傘《こうもりがさ》をかざしつつ、ムーロロの方へと歩み寄っていく。

「う、ううう——」

ムーロロはじりじりと後ずさる。背を向けて逃げ出すことをためらっている。背後からの一撃を喰らったらそれで終わりなのを恐れて、全力で逃走に移れないのだった。

「おまえ——知っていただろう。暗殺チームのリゾットが裏切り者であることを。そしてディアボロと争わせて、どちらが勝ってもいいように立ち回っていたな」

コカキはムーロロに正面から迫っていく。

「そもそもリゾットたちがディアボロに挑もうとした動機は、チームの仲間がボスの正体を調べようとして粛清されてしまったことへの復讐だったわけだが——そのメンバー、ソルベとジェラートに最初に情報を漏らしたのがムーロロ、おまえだったことはわかっているのだ」

「ううう……」

「危険なことは他人に押しつけて、自分は安全なところから高みの見物を決め込む——あわよくばオコボレを頂戴しようとして、状況をいたずらにかき回す——自分では責任を取ろうとはせずに」

「うううう……」

「おまえのようなヤツがいるから、世界は歪んでしまうのだ。そのねじ曲がった人生を、今

——このヴラディミール・コカキが絶ってくれる」

老人はムーロロの帽子を指差した。

「どうした？　そこにご自慢の武器があるのだろう？　そこに何かを隠しているのは、おまえの仕草でわかっているのだ。拳銃か、ナイフか、それとも硫酸の入った瓶でも仕込んでいるのか？　どれでも良いから、それを使ってみろ——」

「うぐぐぐ……ッ」

ムーロロは苦悶に顔を歪ませている。彼にもわかっている。武器を使おうとするとき、人は絶対に〝気をつける〟——銃であれば自分を撃たないように、ナイフであれば手を切らないように——だがそれを考えてしまうことが、既にしてコカキに敗れ去ることなのだ。

攻撃しようとすれば、自滅するしかない——そんな相手とどうやって戦えというのか？

シーラEは戦闘員として再起不能、ムーロロも絶体絶命——ここで任務は失敗するしかないのか……そう思われたときだった。

遠くから雷鳴が響いてきた。ずいぶんと遠くなので、ごろごろごろ……と、こもって聞こえる。しかし空に浮かんでいる雲は、薄い霧雨のそれでしかないし、そもそもこの雨はコカキの〝能力〟なのだから他の気象現象は付随しないはずで——ムーロロがそう思ったとき、コカキもその音に気づいた。

ごろごろごろごろごごごご——どんどん近づいてくる。

コカキが、はっ、となる。何かを悟ったように、その顔に浮かんだのは——驚きだった。

「ま、まさか——」

老人は焦って空を見上げた。雨が落ちてくる曇り空を——そこに音が響いてくる。

ごごごごごごごごごごご——雷鳴のはずが、その音はいつまでも途切れずに、どんどん大きくなっていく。

「まさか……ッ!?」

ごごごおおおおおおおお——その音は大きくなっているのではなかった。

接近しているのだった。

急激に加速しながらこの場に迫ってきているから、それが発している音も拡大されて響いてくるのだった。その加速度は約九・八メートル毎秒毎秒——それは重力加速度とも呼ばれている数値。

物体が上から下に落ちてくるときの加速。

おおおうううううう——ぽつん、と空にその点が見えたときには、もう手遅れだった。

(まさか——能力のパワーで、己の身体を数百メートルも上空に放り投げたと……?)

コカキはそのとき、自分はなにか見逃していたのか、と自問した。ミスがあったのか、と——だがその答えは出なかった。その余裕もなかった。

一瞬だけ、そいつと眼が合う——遥か彼方の高い高い空から墜落してくるパンナコッタ・フーゴと。

そう……どこまでも落下していく感覚が無意味になるのは、実際に空高くからこの地表に降下してくるときだけなのだった。解けない錯覚を無効化する唯一の方法——しかも、それは雨粒と同じ速度で迫っていくことでもあるのだった。

「あ——」

コカキは呻《うめ》き声を最後まで言うことはできなかった。フーゴの前には、当然のようにそれが出現していて、フーゴよりも先に彼の眼前に突進してきていたからだ。轟音を発しているのはそいつだった。雄叫び——いや絶叫を発している、フーゴの分身であるそいつが、

『……うばぁしゃあああああああああああああッ！』

拳《こぶし》を叩きつけると同時にウィルスが噴き出す。老人の脆《もろ》い首などそいつの凶暴なパワーの前には枯れ木のように砕け散るが、それさえも無視し相手の全身に一瞬で感染し、浸食し、増殖し、そして……喰らい尽くす。

獰猛《どうもう》。

それは爆発するかのように襲い、そして消え去るときは嵐のように立ち去る。

〈パープル・ヘイズ〉——そいつに触れることは死を意味する。

これが、パンナコッタ・フーゴの能力だった。

＊

（……はっ！）

シーラEはすぐに我に返って、飛び出して、墜落してきたフーゴを〈ヴードゥー・チャイルド〉で受けとめた。それはまったく着陸とか受け身とかを考慮されていない投身自殺にも等しいただの落下だったので、すごい衝撃が彼女を襲った。びりびり、と全身が痺《しび》れた。

「ぐ、ぐぐぐ……ッ！」

彼女はよろめいたが、なんとか踏みとどまる。ほっと安心しかけたそのとき……首を凄い力で押さえられる。

フーゴが、彼女の喉を摑《つか》んでいた。

首を絞めて殺してしまおうかという力で、ぎりぎりと締め上げてくる……シーラEがとまどっていると、後ろから声が掛けられた。

「やめろ――もういい」

それはムーロロの声だった。シーラEは救いを求めるように彼の方を見るが、ムーロロは首を横に振って、

「そうじゃあない――やめるのはおまえの方だ、シーラE。能力を解除して、フーゴを離せ」

と冷たい声で言った。はっ、とシーラEはここで〈ヴードゥー・チャイルド〉がフーゴの身体を抱えたままで、その背骨を折れるような態勢であることに気づく。

「――くっ」

シーラEがなんとか能力を消して、フーゴの身体を放り出すように自由にすると、彼の方も手を離した。

「………………」

フーゴは無言で、ゆっくりと立ち上がった。その横顔には、まだ何か――得体の知れない影が残ったままだった。ためらいのない眼。ブチャラティがかつて〝こちら側でしか生きられない〟と言った、その眼のままだった。

シーラEはそんなフーゴを上目遣いに睨《にら》むように見ていたが、やがて眼を逸らして、今――殺害されたばかりの敵の姿を探して視線を動かした。

しかし、もうそれがどこに行ってしまったのか、識別できなかった。溶けてなくなって、跡形もなく蒸発してしまっていた。

（……拳《こぶし》の一撃で、すでに相手は即死していたはず……それでもなお、その死体に残ったかすかな生命反応に感染して、細胞のことごとくを腐食させて蒸発させたというのか……）

ぞくっ……背筋が寒くなるのを抑えられなかった。助かったはずなのに、まったく喜びが湧いてこないのだった。

無傷のムーロロがフーゴのところに近づいていって、何やら話しかけている。しかしシーラEはその会話に参加する気力がなかった。

雨が止《や》んで、シチリアの美しい空が晴れ渡っていくが、彼女の心は逆にどんどん暗くなっていくかのようだった。

スタンド名=レイニーデイ・ドリームアウェイ 本体=ヴラディミール・コカキ（70歳）		
破壊力=E	スピード=B 霧雨の広がる速度	射程距離=A
持続力=A	精密動作性=E	成長性=E

能力＝思いこみ定着。霧雨のような広範囲スタンドで、その中に入った相手が何かを錯覚すると、延々と解けなくなってしまう。軽い病気でも「死んじゃうのかなあ」と一瞬でも思ったら、そのまま死ぬ。相手の精神エネルギーを利用するので、いったん掛けたらどこまで離れても解除されない。

Angelica Attanasio
アンジェリカ・アッタナシオ

V. mi votu e mi rivotu 眠れずにあがいて……………

ジャンルッカ・ペリーコロというのがその男の名前である。

幼い頃に大病を患《わずら》い、医者からも見放されていたところを〈パッショーネ〉に救われたという経験を持っている。その恩に報いるために父親のヌンツィオ・ペリーコロともどもに〝組織〟に入団したのだった。

その彼が父の死を聞かされたのは半年前のことである。しかも自らの頭を拳銃で撃ち抜いたのだという。

ふつうならば自殺かと考えるところだが、彼はすぐに、

（パーパは、オレの代わりにボスに生命《いのち》を捧げたのだ）

と理解していた。息子である彼にも内密の任務ということは、よほど重要なことであったのだろうと考え、近い内に〝組織〟に激震が走る大きなことが起きるに違いないと、部下たちにも備えるように注意をしていた。するとそれから一週間と経たずに、それまで秘密であったボスの正体がいきなり公表されたのである。皆は動揺したが、ペリーコロだけは平然としていた。疑いを持つ他の幹部たちのところに単身の丸腰で出向いていき、

「ジョルノ様にこれまで以上の忠誠を誓うことこそ正しい選択だ」

と説いて回ったのは彼だった。父が守った〝組織〟の安定のために、今度は己が生命を捧げる番だと思った。それを気に入られ、彼はそれまで父親が任されていた基盤をすべて受け継ぐことを認められただけでなく、ボスの側近にいきなり抜擢されたのだった。地位的には副長グイード・ミスタのすぐ下の立場にある。

しかし彼に慢心はない。これは本来ならば父の仕事であり、自分はその代理に過ぎないと考えて、常に謙虚に、一歩身を引いたような態度を崩さない。

ペリーコロはその日、部下からの通信を受けると即座に、そのことをボスに報告しに出向いていった。

「失礼いたします――」

そこはネアポリス中・高等学校の、大学と共通する敷地内にある図書館だった。ボスはここの学生という社会的身分のままでいるのだ。めったに授業などには出ないのだが、個人的に物思いに耽《ふけ》りたいときには、生徒たちが不在の深夜から午前中にかけて、この図書館にいることが多いのだという。

まだ開館時間前なので照明は切られている。薄暗い中にペリーコロは足を踏み入れていく。司書たちは全員、組織の息が掛かっているので彼が来ているときにはこの場所には近寄らない。

広い館内は静まり返っている。その中にペリーコロの足音だけが響く。

館内は奥に行けば行くほど古い本になっていく配列になっており、中世のラテン語写本なども所蔵されているという。

少年は美術に関連する歴史書のコーナーにいた。高い本棚に行くための移動式階段の上で、本をぱらぱらとめくっていた。『ミケランジェロと政治　G・スピーニ著』という表紙が見えた。

「おくつろぎのところ申し訳ございません」

そう話しかけると、かまわない、という風に指を振る。ペリーコロは一礼し、あらためて言う。

「情報管理担当者であるカンノーロ・ムーロロから報告です――逃走中の麻薬チームのリーダー、ヴラディミール・コカキを仕留めたそうです。これで残る敵は三人――」

言いかけたところで少年は、惜しい者を亡くしたな――と自分に叛乱を起こした相手のことを悼《いた》む発言をした。

いつ聞いても、少年の声はとても澄んでいて、ペリーコロに教会で聞くパイプオルガンの荘厳な響きを連想させる。

少年はさらに、では、まだだね――と問いかけてきた。ペリーコロは身体を硬くして返答する。

「はい――そのようです。肝心の相手であるマッシモ・ヴォルペはまだ倒せておりません。どうやらコカキは仲間たちを逃がす時間稼ぎも計算して襲撃してきたらしく、残党たちの行方は知れない、とのことです」

少年は、だろうね――とうなずいて、そしてふたたび本に眼を落とした。優雅な手つきでページをめくる。

「あの――なにか手を打ちますか？」

そう訊《たず》ねても、少年は指を横に振って、必要ない――と言う。

「私も部下を連れて行きましょうか？　手強い相手に対して派遣する人数が少ない気もしますし――」

そう提案してみても、それ以上の言葉はない。同じことを二度言うのは無駄だ、という風に。

「……あの、ひとつ質問してもよろしいですか？」

思い切ってそう訊《き》いてみると少年は、いいよ――とうなずいた。

「フーゴを信頼なさっておられるのですか？　私にはとても、あの男を頼りにする気はおきません。我が父ヌンツィオも生命を捧げた重要な任務の途中で、か弱き乙女とチームの仲間を見捨てて自分だけ逃げるような者に、重要な任務を与えるなどと――やや軽率なのではありませんか？」

思い切ってそう言った。当然、叱責されることを覚悟の意見である。しかし少年はこれになんの怒りも見せずに、君の考えはわかる――と穏やかな声で言うだけだった。

「ならば――どうして？」

質問したが、これにはもう答えてもらえなかった。ペリーコロはそれ以上の追及はあきらめて、そのかわりに提案する。

「……シチリアの警察に圧力をかけて、ヴォルペたちを探させましょうか？」

これに少年は、またしても指を左右に振って、その必要はない――と言う。

続けて彼が言った言葉に、ペリーコロは眼を丸くして、つい、

「――なんですって？　連中の方から居場所をこちらに教えてくれる――とは、どういうことですか？」

と訊き返してしまった。

＊

「……うおおおおおおおおおおおおおおおおおおお――ッ！　うおーッ！　うおおおーッ！　うおおおおーッ……！」

喉も裂けよとばかりに絶叫し、身も世もあらずと泣き喚《わめ》いているのはビットリオ・カタルディであった。

「お、おおおおお――オレのッ、オレのせいだッ！　やっぱりオレが戦っていれば、コカキは死なずに済んだ……ッ！」

ぐぬぬ、と噛み締めている唇が切れて、血がだらだらと流れ出している。

その部屋には奇怪な状況が出現していた。

壁紙の至るところに歯形がついているのだった。

今も、新たな歯形がひとりでに、ぎりぎりと刻まれていく。ビットリオの腰に下げた抜き身の短剣に映っている壁に、彼の身体に加えられているダメージの七割が転移しているのだった。

ビットリオは壁に頭をがんがんと打ちつけ始めた。すると彼がぶつけているのとは別の壁がぼこぼことへこんでいく。頭蓋骨よりも硬いはずの壁が変形してしまうのは、それがまともに頭部に加えられたら即死するような衝撃であることを示していた。加減を考えないで、全力で頭を打ちつけているのだった。

もともとそういう調整ができない性格だから自己防衛本能からダメージを他に移すという能力が目覚めたのか、それともこういう能力が身に付いてしまったから、性格までそうなってしまったのかは誰にもわからない。本人はそもそもそんなことを考えもしない。

ダメージの三割は自分に返ってくるので、ビットリオの頭は血だらけである。それでもかまわずに打ちつけ続ける。

部屋の隅ではアンジェリカがめそめそと泣いている。ビットリオは何度か彼女を泣きやませようと努力したが、無理だったので、ますます自分を痛めつけるような行為に走っているのだった。

部屋の扉がゆっくりと開いて、ふらふらとマッシモ・ヴォルペが入ってきた。だが仲間たちは彼に眼を向けない。その余裕がない。無視されてもヴォルペ自身も何も言わずに、部屋の真ん中にへたり込むようにして座る。

しばらくそのまま、すすり泣きと頭を打ちつける音が響くだけの重い重い沈黙が続いた。やがて打撃音が止《や》んで、

「……もう他に道はねーぜ――」

とビットリオが呻《うめ》くように言った。

「前にコカキが言っていた、あれをやるしかねーぞ――」

「あれ、か……しかし」

ヴォルペは首を横に振った。

「あれに関しては、コカキも最後の手段だと言っていた。そもそも何が起こるのか、明確には不明だとも――」

「しかし、他に打つ手があるのか？　コカキを倒したほどの相手だぞ。悔しいがオレでも相討ちが精一杯で勝てるかどうかはわからねー……あれの手助けが必要なんじゃねーのか？」

「おまえは信じているのか？」

「まーな……コカキ自身も〝半信半疑だが〟って言っていたしな……」

『――ここシチリアを反撃の拠点にしようと思ったのは、私の故郷であり、土地勘があるとい

うこと、〈パッショーネ〉の支配が完全でないことなどが理由だが――実はもうひとつある。

それはかつてこの土地を占領していたあのナチスどもと関係している。

ローマでの活動が主《おも》だったそうだが、ここシチリアでも〝ある研究〟が行われていたのだという。

世界中のあらゆるところに手を伸ばし、ナチスは〝その方法〟を探し求めていたらしい。太古の皇帝たちと同じような妄想を、あの愚かな総統も抱いていたのだ。

そう――〝不死〟の研究だよ。

それは無敵の力を持つ死なない兵士を量産するという目的も兼ねており、ナチスはかなり本気で探求していたらしい……しかしその責任者だったルドル・フォン・シュトロハイムSS大佐がスターリングラードで戦死し、ここシチリアにも連合軍が攻め込んできたことで〝それ〟を回収することもできずに、この土地に隠されたままになっているというのだ。

〝それ〟が具体的にどんなものなのかは私にも解明できなかった。だが使用法を暗示する言葉はわかっている……』

〝血は、生命なり〟

……ぶるるっ、と話を想い出しながら、ヴォルペは身震いをした。

「不死身の、無敵の力を持つ兵士か……」

「ヤツらに勝つにはそれしかねェぜ……ッ！」

ビットリオの切羽詰まった声に、ヴォルペも厳しい眼になり、

「コカキの仇《かたき》を討つには必要、か――」

と呟《つぶや》くと、突然に部屋の隅にいたアンジェリカが、げぐぐっ、と大きな嗚咽《おえつ》を漏らした。そして、

「ゆるさない――ゆるさない……ぜったいに、ぜったいにゆるさない……ゆるさない……ゆるさない……ゆるさない……」

と鬼気迫る表情で、何もない宙空を睨《にら》みつけながら呻いた。これにビットリオも力強くうなずく。

「おうッ、やるしかねーぜッ！　こうなったらトコトンやってやるぜッ！」

気合いと共に立ち上がり、部屋から駆け出していく。その後をふらふらしながらアンジェリカもついていく。

部屋にひとり残されたヴォルペも、ゆっくりと身を起こして、部屋から外のフロアーへと出る。

そこには――惨劇が広がっていた。

部屋の至るところに飛び散っているのは人間の内臓と血液だった。飛び出した肋骨が壁に突

き刺さっていて、頭蓋からはなれた顎《あご》だけが天井に貼り付いていた。

全部で二十人分の死体が、原形をとどめぬほどに破壊されて、四散していた。

マッシモ・ヴォルペの能力が荒れくるった後の光景だった。その中をゆっくりと歩いていきながら、彼はぼそりと呟く。

「だが、一体なんなのか――その〝石仮面〟というのは……？」

＊

「……こいつはひどいな」

ムーロロがぼやきながら、その血塗《ちまみ》れのフロアーに足を踏み入れた。

「なんなの、これ？」

シーラEが眉をひそめながら訊《き》く。

「ここシチリアの、地元の連中だ――〈パッショーネ〉と距離を置いていたギャングどもだよ。コカキの友人といったところだったらしいが――あのご老体が死んだので、かくまっていたヴォルペたちをどうにかしようとして、返り討ちを喰らったってことさ」

「つまり――直前まで味方だった者を、こんな風に、なんの躊躇《ちゅうちょ》もなく殺せるのか？　捕まりそうだったとしても、逃げようと思ったらいくらでも逃げられたはずなのに、皆殺しにする必要はなかっただろうに……」

死体の山を見てフーゴは恐怖よりも、むしろ疑問を感じていた。

（残虐だとか他への見せしめだとか、そういう次元じゃあ断じてない……もっと決定的な断絶がある……）

信じられない、という風に口元を歪めると、シーラEがやや憮然《ぶぜん》とした表情で、

「──味方じゃあなかったのよ、初めから」

「え？」

「何も信じていなかったし、何の負い目もなかった──連中には親兄弟も組織もない。チームの仲間しか心の中にいないのよ、きっと」

彼女は死体を見おろしながら、どこか投げやりに言った。

「………」

フーゴは思わずシーラEに、それは君も同じなのか、と言いそうになって、その口をつぐんだ。

なんだかシーラEの態度が変わってきたような気がする。やたらと睨《にら》みつけてきていたのが、今は極力、彼と眼を合わせないようにしている気がする。コカキとの戦いのときにフーゴに首を絞められかけたのを警戒しているのだろうか。

（しかしあのときは、彼女がコカキの能力の影響下から脱せたかどうか確認できていない状況だったから、やむを得なかったんだが──根に持たれたかな……）

フーゴはまた気が重くなってきた。どうにも追い込まれている感が薄れてくれないな、と思った。しかしそんな気まずい二人のことなど無視するようにムーロロが、

「探すまでもねー、ってことだ。これからヴォルペたちはどこに行っても後先考えずに、その足下に死体の山を築いていく……自分から居場所を教えてくれるようなもんだよ」

と言って、ふん、と鼻を鳴らす。

そして奥の部屋へと移動していって、少し経ったらそっちの方から拍手が聞こえてくる。能力を発現させているらしい。フーゴたちが顔を出すと、もうトランプの山が崩れ落ちるところだった。スペードのAが、

『……オルティージャ――』


と言って、ぱったりと倒れる。ムーロロがまた拍手するとトランプたちは次々と立ち上がってはお辞儀して、ふたたび彼の帽子の中に戻っていく。

「今のは――」

「ああ、そうだぜ――〝オルティージャ〟だ。連中の行き先はこのままシチリアの海岸沿いを進んだ先の、シラクサのオルティージャ島と考えて間違いねーな」

ムーロロがうなずくと、シーラEが不審そうに、

「でも、あの橋で繋がっているマンハッタンみたいな小島って——あそこは遺跡とか歴史的建造物ばかりの旧市街よ。あんなところに行ってどうするつもりなのよ？」

「そんなことは連中を捕捉してから聞き出せばいいだけの話だ。その余裕があれば、だがな」

言いながらムーロロはさっそく懐から携帯電話を取り出して、どこかに連絡をする。

「——オレだ。ああそうだ。さっそくこの辺に寄せてくれ。行き先はシラクサだ。その分の燃料をしっかり搭載しろ」

「燃料？　あんた、何を呼んだのよ？」

シーラEの問いかけに、通話を終えたムーロロは、携帯電話をしまいながら自慢げに、

「そりゃあオメー、ヘリコに決まっててんだろ。ヘリコプターだよヘリコプタ〜。びゅーんと飛んでいって、先回りして連中を待ち伏せするんだよ」

と言った。その単語を聞いて、フーゴが少し眉をひそめる。

ヘリコプター、という乗り物のことが以前にも問題にされたことがあったのだ。そのときにナランチャはこう言っていた……。

『ヘリコプターだぜッ。そのキーはきっとヘリコのキーだぜッ。ヘリコなら追っ手に捕まらず、どこへでも行けるものッ』

そのときは結局ヘリコプターは使用されなかったのだが、もしも乗ることになっていたら、ナランチャはヨットの時のようにハシャいだのだろうか。それとも真剣な任務の最中ということで神妙な顔をしていたのだろうか。

（彼はいつも、すぐに緊張が切れてしまったからな……集中力が続かないというか、肝心のところで気を抜いてしまうというか……）

結局それで死んだのだろうか、と思って、フーゴは奥歯を嚙み締めた。いや……フーゴはそのときの状況を知らない。知る由もない。

〝そこ〟に——ついていけなかったから自分は今〝ここ〟にいるのだから。

＊

トリッシュ・ウナ。

その娘を護衛するというのが、結局ブチャラティ・チームの〈パッショーネ〉における最後の任務となった。ディアボロの娘で、自分ではその事実をまったく知らずに育ち、母が死んだので父親に会いに行ったらその手で殺されそうになったという、悲劇の極みのような少女であった。

（しかし——）

フーゴは今に至るまで、彼女に対して同情しようという気になれない。

共に行動したのは二日足らずの短い時間であり、その間中ずっと仏頂面《ぶっちょうづら》で何を考えているかまったくわからず、たまに口を開いたかと思うと、買い物に行くのは危険なのに大して必要もなさそうな贅沢な嗜好品を買ってこいと偉そうに言ったり、ハンカチがないから代わりにシャツを脱げと言ったり、およそ保護欲をそそられない護衛対象であった。

そもそもフーゴは自分の母親が嫌いなので、女性全体に対してあまり優しい気持ちになれない。特に神経質な女が嫌いなので、トリッシュはその範疇《はんちゅう》にしっかり入ってしまう。

(どうして——あんな奴のために……)

彼は今でも、ブチャラティが何を考えていたのか理解できていない。


「トリッシュを連れ帰ったのはたった今、オレがボスを〝裏切った〟からだ——ボスは自らの手で自分の娘を始末するために、オレたちに彼女を護衛させた……トリッシュには血のつながるボスの正体がわかるからだ。それを知ってオレは、許すことができなかった。そんなことを見ぬふりをして帰ってくることはできなかった。だから——〝裏切っ〟た！」

ヴェネツィアのサン・ジョルジョ・マジョーレ島でブチャラティは、フーゴたちにそう告げた。

時は明け方であり、世界は静まり返っていて、空気は白々と冷えていた。

なんてことを、とフーゴには信じられなかった。だが事実だった。現に目の前には血を流すトリッシュが気絶していて、指示されていた状況から完全に逸脱していたのだから。

「正気か……ブチャラティ——」

ミスタも考えられない、という調子で呻《うめ》きを洩《も》らした。するとアバッキオも、

「裏切り者がその後、どうなるのか……知らぬわけでもないだろうに。何者だろうとボスは逃がしたことはない。いや……」

と言って、眉間《みけん》に深い皺《しわ》を刻む。そう、同じように組織の敵を始末してきたのは彼らも同じだったからだ。まさしく、同じように——暗殺チームの人間たちを殺してきたのだから。

「すでにこのヴェネツィアはボスの親衛隊で囲まれているかも——」

そう言われても、ブチャラティと、そしてその後ろに立っているジョルノには迷いは見られなかった。さらにブチャラティは毅然とした表情で、

「助けが必要だ……共に来る者がいるのなら、この階段を降り、ボートに乗ってくれ」

と、運河の上に浮かぶ小舟を彼らに示した。そこには手首から血を流しているトリッシュが横たわっている。

「ただし……オレはおまえたちに、ついてこいと命令はしない……一緒に来てくれと願うこともしない。オレが勝手にやったことだからな……だからオレに義理なんぞを感じる必要もない。だがひとつだけ偉そうなことを言わせてもらう。オレは正しいと思ったからやったんだ。後悔はない……こんな世界とはいえ、オレは自分の信じられる道を歩いていたい。弱点さえ見つけ

れば……今は逃げるだけだが、ボスは必ず倒す。弱点は必ず見つける！」

ブチャラティの固い信念のある力強い言葉を聞いても、フーゴの胸の裡《うち》から湧き上がってくるのはただひたすらに——混乱だけだった。

ブチャラティの言う〝正しい道〟というのがなんなのか、彼にはまったくわからなかった。

それは彼がこれまで生きてきた人生の中で一度も感じたことのない感覚であった。

急にすべての視界が奪われたような感覚だった。なんの指針もなく、なんの目安もなく、なんの基準もなかった。何を拠り所にしていいのかまったくわからなかった。

彼はそれまで、ブチャラティを信頼していた。その判断はおおむね正しく、彼の利になるようなことをすることが自分のためであると信じてきた。

それが今、根底から崩れ去っていた。

そもそもフーゴのことをブチャラティがスカウトしたときに、彼は言っていたではないか。

おまえはこちら側だ、と。

それなのに今、ブチャラティは突如として薄っぺらで根拠がなく、無意味としか思えない正義などを振りかざして、破滅に直結する道を〝信じられる道〟などと称して後先考えない行動に出ようとしている……。

「…………」

アバッキオが脱力したように、腰を下ろした。

ミスタも顔を背けて、あさっての方角に目を向けてしまう。

ナランチャはさっきからずっと、小刻みにガタガタ震えている。

誰も何も言わないのか、とフーゴは思った。なんとかしなければならないのではないか。この理解不能の事態をなんとか修正しなければならないのではないか。

「………う」

フーゴは奥歯を嚙み締めてから、なんとか声を絞り出す。

「……言ってることは、よくわかったし、正しいよ、ブチャラティ」

相手が説得力ゼロのことを言っているとしか思えないので、フーゴの言葉も心にもないものになってしまう。迎合するような言葉になってしまう。これでは駄目だ。もっとはっきり言わなければ。

「だけど……はっきり言わせてもらう。残念だけど……ボートに乗る者はいないよ。情に流され血迷ったことをするなんて……あんたに恩はあるが、ついていくこととは別だ。あんたは現実を見ていない。理想だけでこの世界を生き抜く者はいない。この組織なくして、ぼくらは生きられないんだ」

そして、一歩後ろに下がってみせた。

もしかしたら――とこのときのフーゴはまだ思っている。

もしかしたら、まだ事態を打開できる方法があるのではないか。かすかな望みだが、ブチャラティの気が変わってくれて、トリッシュをボスに自ら差し出せば、彼は助かるかも知れない。まだ希望はある、そう信じたい。

なんとか考え直してくれ、そう思っての言葉だった。

そしてここで、フーゴに追従するようにアバッキオが、

「ああ、フーゴの言う通りだぜ、ブチャラティ。あんたのやったことは自殺に等しいことだぜ。世界中どこに逃げようともう、あんたには安息の場所はない」

と横から言ってくれた。そうだ、と思った。もっとブチャラティが思い直してくれるようなことを言ってくれ。これまで深い信頼で結ばれてきた仲間たちじゃないか。それを放り出して勝手なことをするなど許されることではないのだと言ってやれ——とフーゴはそう考えていた。

アバッキオはさらに、

「そしてオレが忠誠を誓ったのは〝組織〟になんだ。あんたに対し忠誠を誓ったわけじゃねえ——しかしだ」

そこまで言ったところで、急に立ち上がった。

「オレも元々よォ——行くところや居場所なんてなかった男だ。この国の社会から弾き出されてよォーッ。オレの落ち着けるところは……ブチャラティ、あんたと一緒の時だけだ」

そう言いながら、ためらいのない動作であっという間にボートに乗り込んで、どっか、と腰を据えてしまった。

あまりのことに、フーゴは声を上げてしまった。

「ば——バカなッ！　アバッキオ！」

何をしているんだ、と本気で頭に来た。せっかくぼくが説得しようとしているのに、それを台無しにする気か、と動揺したところで、さらにミスタがいきなり、

「ボスを倒したならよォ——実力から言って、次の幹部はオレかな？」

などと脳天気極まることを言って、すたすたとボートに乗ってしまう。全然悩んでいる様子がない。

こ、このバカ野郎どもが——とフーゴは完全に頭に血がのぼってしまった。

「おまえら——ど、どうかしているぞッ！　完全に孤立するんだぞッ！　どこに逃げる気なんだッ!?　い——いやッ！　このヴェネツィアからも生きては出れないぃッ！」

悲鳴のような声を張り上げても、誰も彼のことを見ようとしない。

ここで、ひとりだけ異様に冷静なジョルノが静かな声で、

「ナランチャ——君はどうするんです？」

と質問してきた。びくっ、とフーゴはナランチャの方を見る。

彼は、困惑していた。迷子のようにおろおろしていて、

「ど、ど……」

と口をぱくぱくさせている。ブチャラティに助けを求める視線を向けて、

「お……オレ……ど、どうしよう？　オレ？　ねえ……ブチャラティ、オレ……どうすればいい？　行った方がいいと思う？」

すがるように訊《き》いた。これにブチャラティは、

「怖いか？」

と訊き返してきた。ナランチャはうなずいて、

「ああ……す、すごく怖いよ。で、でも」

がくがく、と顎《あご》を痙攣《けいれん》させるように動かしながら、彼は必死で声を絞り出す。

「め――命令……そうッ〝命令〟してくれよ――〝いっしょに来い！〟って命令してくれるのなら、そうすりゃあ勇気がわいてくる。あんたの命令なら何も怖くないいんだ……」

と懇願したが、ブチャラティは厳しく言い返す。

「駄目だ。これぱっかりは命令できない。おまえが決めるんだ。自分の歩く道は自分が決めるんだ」

「わ、わかんねーよォ……オレ、わかんねえ――」

「だが忠告はしよう。〝来るな〟ナランチャ――おまえには向いていない」

「う……うううう……」

ナランチャが頭を抱えている中、ブチャラティたちは手早く舟の支度をすませてしまい、

「行くぞッ！　ボートが離れたのなら、おまえたちは〝裏切り者〟となるッ！」

という宣言と共に、力強く出港していってしまった。

フーゴには無念の想いが全身に充満していた。歯軋《はぎし》りするほどに感じるのは、ひたすらに悔しさだった。どうしてわかってくれないんだ、と苛立《いらだ》って苛立って仕方がなかった。

「何故だ……正気じゃあないぜッ！　どういう物の考え方してるんだ？　つい二日前に出会ったばかりの、会話もろくすっぽしたことのない女なんかのために！　無関係な女なんだぞッ！　オレたちはトリッシュがどんな音楽が好みなのかも知らないんだぞッ！」

わめき散らす言葉には、完全に負け惜しみの響きがあった。言っても無駄なのに、言わずにはいられないという虚しさがあった。

彼が離れていくボートを睨《にら》みつけていると、背後でナランチャが弱々しく、

「トリッシュは……信じる人に見捨てられた……」

と呟《つぶや》いた。よく聞き取れなかったが、フーゴは苛立ちのあまりにそれには返事をせずに、

「ああ――ボスが自分の娘をどうしようが、ボスにはボスの考えがあったことなんだ。だがオレたちには無関係だ。眼をつぶりゃあすむことなのに！　オレには理解できないッ！」

と喚《わめ》き続けた。その間にもナランチャはぶつぶつと何かを言い続けていた。

「オレも昔……見捨てられた……父さんからも……信じてた友だちからも見捨てられた……同じだ……トリッシュとオレは……なんか……似てる――」

え、とフーゴは彼の方を振り返った。だがこのときもう、ナランチャは動いていた。

フーゴが後ろを向く動作と反対に、前の運河に向かって飛びだしていた。

運河に飛び込んで、ボートに向かって泳いで行ってしまっていた。

（な――）

フーゴは茫然《ぼうぜん》としてしまって、反応できなかった。その間にもナランチャは下手くそなクロールで泳ぎながら、必死に叫んでいた。

「――ブチャラティィィィィイイイイイ――行くよッ！　オレも行くッ、行くんだよォォオオオオオオオオオ――ッ！」

その声が遠ざかっていくのを、フーゴはただ立ちすくんで、見送ることしかできなかった。

ナランチャは苦しそうにぜはぜはと喘《あえ》ぎながらも、さらに悲鳴のように、

「オレに〝来るな〟と命令しないでくれェエエエェェェ――ッ！　トリッシュはオレなんだッ！　オレだ！　トリッシュの腕の傷は――オレの傷だァァァァアアア――ッ！」

と絶叫しながら泳いでいき、やがてボートに拾われて、そして行ってしまった。

一度も――フーゴのことなど、振り返りもしなかった。一瞥《いちべつ》もしなかった。

ぽつんと放り出されて、そして気づいたら――ひとりぼっちだった。

「………」

彼は、あれほど感じていた苛立ちが完全に消えてしまっていることに、しばらく経ってから気づいた。

裏切られた不快感もなく、助かったという安堵感もなかった。

心の中が空っぽになっていて、なにも感じなくなっていた。

見捨てられた……だが、何に見捨てられたのか？

見捨てたのは自分の方ではないのか。それなのにどうして、こうも見捨てられたような感覚が消えないのか？

「………」

フーゴは茫然と立ちすくむ。

明けかけていた空が白々と、どんどん明るくなっていく。

自分に降り注いでくる朝日が、じりじりと皮膚を灼《や》くようだった。痛みを感じていた。どこかが痛い。なにかが痛い……だがそれがなんなのか、フーゴには理解できない。

どうして、と思っていた。

どうして自分は今、キレていないのか。

こんなにも納得できず、こんなにも理不尽な状況に晒《さら》されているのに、なぜ攻撃衝動に駆られなかったのか、何もかもを破壊してしまいたいという気持ちが心の中に湧いてこなかったのか——どうしても理解できないのだった。

＊

——シチリアの東に広がるイオニア海の上空、メガラ・ヒュブレア海岸沿いにヘリコプターは飛んでいく。

眼下をすごい勢いで通過していく大地を見おろしながら、フーゴはぼんやりと考えていた。

（ナランチャ——君はなんで、あんなことを言ったんだ……？）

トリッシュはオレだ、というのはいったい、どういうことなのか。彼女の境遇に共感したのか？　だがナランチャとトリッシュの間に、そんな共感しあえるような交流など何もなかったことは確実だ。関係ないのだ、としか言い様がなかったはずだ。

その共感に生命を懸けられるほど、ナランチャはトリッシュのことを知らなかった。それは間違いない。ブチャラティがどうして生命を捨ててまで彼女を助けたがったのか、その理由がわかっていたとも思えない。

アバッキオに関してはわかる。彼はどこかで、もと汚職警官としての罪悪感からの贖罪《しょくざい》を求めていた。生命を捨てる場所を探して組織に入ったようなものだ。トリッシュを守ることになどなんの興味もなく、ただブチャラティが〝正しいと思ったからやったんだ〟と言った、その言葉に飛びついただけだ。理由などなんでも良かったのだ。

　ミスタも同様だ。彼は最初からブチャラティについていこうと決めていたに違いない。隠し財産が手に入るかもな、とか彼らしいシンプルな判断をしていてもおかしくない。ただすぐにボートに乗ると、自分が〝四番目〟になってしまうのが嫌だっただけだ。だからアバッキオの次に行くことで〝五番目〟にしたのだろう。ミスタの〝四という数字さえ避ければ自分は絶対にラッキー〟という感覚はもう妄信の域に達しているので、理解しようとしても無駄だ。

（ジョルノは——）

　フーゴはあらためて、背筋が寒くなる感触を覚えた。

　あのときのフーゴに判断ミスがあったとすれば、あそこで意志決定をしていたのがブチャラティではなく、ジョルノであったことに気づけなかったことだ。説得すべき相手はあの新入りの少年であって、ブチャラティではなかったのだ。彼は、ボスを倒してその権力に取って代わるという強い意志を持っていたジョルノ・ジョバァーナに従っていただけだったのだから。

（そういえばあのとき、事前にはジョルノが〝自分がボスのところにトリッシュを連れていく〟と立候補していた——アバッキオが反対したので、ブチャラティが連れていくことになったのだが……もしあのままジョルノが行っていて、そしてボスに倒されていたら、こんな風にはならなかった……）

　もしくは、ジョルノならばトリッシュを見殺しにしていたかも知れない。その代わりにボスの正体への手掛かりを得て、さらに確実で、より犠牲者の少ない戦略を採っていたのではないか。

その方が良かった、とは言い切れないが、少なくとも彼がブチャラティ・チームから離脱するような事態にはならなかったはずだ。あのときアバッキオが余計なことをしなければ……いや、こんな仮定の話をあれこれ考えていてもしょうがない。

彼らは結局、ジョルノ・ジョバァーナとディアボロの『どちらが真の支配者か』という自然界の生存競争にも似た宿命の戦いに巻き込まれただけだった。その中で散ったか、逃げ出したか、その違いはあるが主犯ではなく〝被害者〟であることは変わらない。

(ナランチャは……何を考えていたんだ……)

その疑問がいつまでも、喉に刺さった魚の骨のように心に引っかかり続けている。

彼よりも上手く立ち回って、自分の方が利口だったと思おうとしたこともあるが、それはできなかった。

(ナランチャは——行けた。ぼくは……行けなかった……)

それだけがどうしようもなく、変わらない事実なのだった。

(なぜ〝トリッシュはオレ〟なんだナランチャ……君はいったい、あのときに何を感じていたんだ?)

ヘリコプターは夕暮れの中をシラクサ目指して飛行していく。

操縦しているのは〝組織〟所属のパイロットで、助手席にはムーロロが座っている。そしてシーラEがフーゴの隣席で腕を組んで、黙り込んでいる。

フーゴはちら、と彼女に眼をやる。ろくに話をしていない、という意味では彼女もトリッシュと同じだ。

「君は――」

と話しかけてみても、もうシーラEは彼のことを睨《にら》み返してこずに、

「何よ？」

と前を向いたまま訊《き》き返してきた。

「いや、その――いきなり知らない男たちの中に放り込まれたら、君ならどういう態度を取る？」

「何よそれ」

「まあ、深い意味はないんだけど」

「よくわかんないけど――とりあえず、舐められたくはないわね」

「というと？」

「口なんか利《き》いてやんないってことよ」

突き放したように言われた。フーゴは少しぎくりとした。

トリッシュのあの冷ややかな態度も、そういうことだったのだろうか。舐められたくなかっ

た——それは彼女なりの、必死の防衛反応だったのだろうか。ボスの娘だからといって威張っていたのではなく、その中で自分を保とうとして懸命だったのが、あの固い態度に現れていたのだろうか——。

（でも、な——）

実際にトリッシュの印象を想い出してみると、やはり同情する気がしない。自分が傷つきたくないからといって、他人の心を平気で傷つけてもいいということにはなるまい。彼女に譲歩しようという気がしない……それは、

（それはぼくが、彼女に傷つけられたから、か……？）

そう考えて、少し胸が苦しくなった。ブチャラティたちと離反する原因となったトリッシュを、彼は未だに憎んでいるのだろうか。傷ついた心の仕返しをしたいと、無意識で考えているのだろうか——そんなに根に持っているのか？

逆恨みも甚《はなは》だしい、それは理解している。それでも確かに、フーゴの中にそういう感情があるのは間違いない事実だった。

「…………」

彼が押し黙ってしまい、ヘリコプターの中には再び沈黙が戻ってきた。しかしローターの作動音などが響いているので、別に静寂というわけでもない。

そんな中で、シーラＥがぽつりと、

「ねえ……フーゴ」

と口を開いた。

「もしかして――あんたが」

と言いかけて、そして再び唇をつぐんでしまう。フーゴはちら、と彼女の方を見るが、それ以上何も言わないので、彼の方も訊き返さずに、そのまま無言でいる。

二人が黙っている間にも、前部座席のムーロロたちは色々と確認している。

「おいパイロット、高度が高すぎるんじゃあねーのか？　もう少し機体を下げろよ。見つかるじゃあねーか」

「いや、飛行する物は高度が高い方が目立たないんだよ。下から見ると小さくなるからな。素人だろ、あんた」

「別に小さく見えようが大きく見えようがどうでもいいんだよッ。方角がバレるって言ってんだよッ」

「でもあんまり高度を下げるとスピードが出ないぜ。急げって言ったのはあんただろうが」

「いちいち文句たれんじゃあねーよッ。電車や車よりも速いのは変わんねーだろーがッ。いいから言われた通りに――」

言いかけたムーロロの声が、ふいに途切れる。

彼の視線はパイロットを越えて、窓の外を見ていた。

その先には、一羽の小鳥が飛んでいた。

ヘリコプターと並ぶようにして、平行に飛んでいる――しかし、

「おい――今、時速何キロで飛んでいる？」

「あ？　だから急げって言われたから、スピードは出してるよ。高速ヘリだからな。時速二百五十キロメートルは余裕で――」

「じゃあ……あの鳥はなんだ？」

ムーロロはその小鳥を指差した。

大して羽ばたいているようには見えないその小鳥は、ヘリの横にぴったりとついてくる……近すぎる。

ヘリの近くに鳥は近寄れない。ローターが巻き起こす乱気流が常に渦巻いているからだ。だがその小鳥はまるで無風状態の中にいるような、軽快な動きでどんどんヘリの方に接近してくる……。

「え――」

「違う――あれは鳥じゃないッ！　アイツは、敵の――」

ムーロロが叫びかけたところで〝それ〟が開始された。

ヘリコプターがいきなり、がくん、と高度を下げて、そしてそのまま墜落していく――海に落下していく。

麻薬中毒になるしか生きる道がなかった少女の、どこまでも追跡してくる生命《いのち》懸《が》けで底無しの怨念が彼らを襲撃してきたのである。

スタンド名=ナイトバード・フライング
本体=アンジェリカ・アッタナシオ(14歳)

破壊力=E	スピード=A 相手次第	射程距離=A
持続力=A 症状が続く限り	精密動作性=E	成長性=E

能力=他人の魂を敏感に探知し自動追尾していき、麻薬中毒の末期的な症状に引きずり込む。攻撃対象の区別は本人が憶えていられる限りだが、その記憶力は麻薬中毒のため曖昧で見境がない。他人に理解してもらえない寂しさから生まれた半自律型スタンド。小鳥のような姿をしており、人の温もりを求めて常に飛び回っている。

Cannolo Murolo
カンノーロ・ムーロロ

VI. fantasia siciliana 幻想の島……………………………………

……どこからともなく、その歌が聞こえてくる。

ら、らら――らららら、らら、ら……


それは耳の奥でいつまでも、延々と聞こえている。だがあまりにもかすかで、耳鳴りよりもずっと小さな小さな音なので、いつのまにかそれが聞こえていることなど忘れてしまう。

「……え？」

フーゴは顔を上げた。

そこは古い本がぎっしりと詰まった本棚に囲まれるようになっている部屋だった。

教授室。

ボローニャ大学の一室だ。

目の前には怒っている教授がいて、くどくど小言を彼に言い続けている。

「……君は何を考えているんだね。基礎的な学問を疎《おろそ》かにしていいと思っているのか？　なんだねその眼は。きちんとこっちを見なさい」

仕方なく彼が顔を上げると、教授は、よし、と言うようにうなずいて、

「私は君を買っているんだよ、フーゴ君。君はどうやら〝自分はどうせ親の都合で大学に入れられただけ〟なんて思っているようだが、親なんて関係ないんだ。君は君だ。君が学問をすることは別にご両親の格を上げるためじゃあない。君自身の可能性のためなんだよ」

と言葉を続けていく。するとその途中で助手があわてて飛び込んできて、

「たいへんだフーゴ君。君のお祖母さんが倒れられたそうだ。すぐに実家に戻りたまえ」

と言った。驚いた彼はそのまま教授が手配してくれた急行列車でその日のうちに帰郷した。

「ああ……かわいいパニー。おまえの顔を見たらなんだか元気が出てきたよ」

一時は危篤状態だった祖母もなんとか持ち直した。フーゴはホッとした。祖母を心配して集まってきた家族たちの顔を見て、みんなが祖母の無事を喜んでいるのを知って、フーゴはとても嬉しかった。なんだ、と思った。やっぱり家族は家族じゃないか。みんなの心はひとつなんだと思った。

季節はちょうどバカンスに入るところだったので、大学からはレポートを提出せよと言われただけで、そのままフーゴは故郷に留まることにした。そんな中、彼は兄たちと一緒に海へ釣りに行くことになった。

港に行くと、予約していた釣り船が故障したとかで出港できなくなっていた。困っていると、他の船の船長がウチに相乗りしますかと提案してきてくれた。だがこれに、前にいた客がゴネ

だした。

「だから他のヤツは乗せるなって言ってんだよ」

「いいじゃないですか。席が空いているんだから」

「やかましい。言う通りにしやがれ」

「そんなことを言うなら、あんたたちが降りてくださいよ。他の船が困っているときに助けるのは当然なんですよ」

「なにい——」

文句を言っていた、あまり人相の良くない客たちは、この騒ぎで人が集まってきたのを見て、舌打ちしながらすごすごと引き下がった。その船長はフーゴたちの方を向いて、さあどうぞ、と言ってくれた。

「子供たちなら、ウチの息子も手伝いで乗せましょう。おい、ブローノ」

「なんだい父さん」

利発そうな少年がフーゴたちの前に現れた。


らら、れら、れらら、ら……

ブローノ・ブチャラティというのが少年の名前だった。三歳ぐらい年上のようだ。

「へえ、君は大学に行っているのかい、すごいなあ」

「そうでもないよ」

「オレも独学で本を読んだりしているんだが、やっぱりなかなか難しくてね」

「どんなの読んでるの？」

「マキャベリとかね」

「ああ『君主論』だね？」

「はは、大学生だとさすがにわかるね。歴史に興味があるんだよ。でも思うんだが、題材となってるチェーザレ・ボルジアはさておき、マキャベリ自身は世間で言われるほど権力主義者じゃない気がするんだよ。策謀に溺《おぼ》れない前向きな現実主義っていうか、手の届く範囲内で努力せよ、って論説なんじゃないかな」

「うーん、高度な話だね……」

「漁師のせがれがする話じゃないかな？」

「いや、少し意外だけど、なんかあなたには似合っている気がするよ」

「そういう君も、こう言っちゃなんだがあまり貴族らしくないな。威張った感じがしない」

「そりゃそうだよ――」

「あれ。何か悩んでいるみたいだね」

「ちょっとね――聞いてくれるかい？」

フーゴは、気がついたらその少年の人を惹き付ける雰囲気にすっかり魅了されて、日頃の悩みを打ち明けていた。ブチャラティは真摯《しんし》に耳を傾けてくれた。

二人はすっかり意気投合し、親しい友人となった。大学が休みのときはフーゴは欠かさず帰郷して、ブチャラティのところに顔を出した。

そのうちにブチャラティの父がフーゴにある日、相談があると言ってきた。

「最近、私が警察に疑われているようなんだ——麻薬取引に関わっていると思われていて」

「どういうことです?」

「仲間のことを悪く言いたくはないんだが、どうやら漁師の中に取引を手伝っている者がいるらしい。警察に協力すべきだろうか?」

「いや、それは良くないと思いますよ。密告したとギャングに睨《にら》まれると面倒なことになります」

「息子もそう言うんだよ。フーゴ君、君は法律とかにも詳しいんだろう? あいつを手伝ってくれないか?」

「わかりました。ぼくで良ければ」

れらら、らら、ららられれ、らら……

こうしてフーゴは裏社会に片足を突っ込むことになった。もともと人気者であったブチャラティのところには多くの人々が集まってくることになり、無実の罪で投獄されそうになったところを救われたナランチャや、汚職に手を染めかけたところを止めてもらったアバッキオも仲間になった。

彼らは街の中でも独特の存在感を持つチームとなった。既存のギャング組織とは距離を取っていることで、街の市井の人間からの信望が厚くなり、他の組織の者たちも一目置かざるを得なくなったのだ。

「つーかさァ……フーゴ、オメーはもうちょっと冒険してもいいんじゃねーかァ？」

ナランチャにそんなことを言われる。すると横のミスタが笑って、

「そいつはオメーもだろ。食わず嫌いが多いんだよ。こないだも魚料理を食おうってリストランテに行ったのに、フルーツばかり食ってたじゃあねーか」

「う、うるせーな。いいだろッ、オレはフルーツが好きなんだよッ」

「好き嫌いが多いってのはガキの証拠なんだぜ」

「だ、誰がガキだよッ」

そこで横から制服姿のアバッキオが、

「しかし、確かにナランチャはもうちっと肉を付けた方がいいな。筋肉が足りねー」

と口を挟んできた。

「パスタでもピッツァでもいいから、もっと食えよ。だがポルチーニを乗っけたマルゲリータばっかりじゃあなくて、もっと牛とか豚なんかを、よ。背が伸びねーぞ」

「い、いやイイよ別に。オレが小さいんじゃあなくて、アバッキオのガタイがデカイだけだろーが。無駄に怖いんだよッ」

「なにしろ警官だからな」

「どういうオマワリだよ。さぼってばっかでよー。とんだ不良警官だよ。こんなとこでオレたちとつるんでるよーじゃ出世できねーぞ」

「出世なんざァどーでもいいさ。結局、要領のいい試験の点数が上なだけの奴がするだけだからな。それよりもブチャラティの手伝いをしている方がいいぜ。これも立派なパトロールさ」

「おいおい、それはフーゴに対する嫌味かよ？」

「そうそう、おまえ、また試験で一位だって？」

「ぼくが勉強しているのは、ブチャラティが舐められないように、だよ。彼に学歴がないからって馬鹿にしてる奴も、ぼくがボローニャでトップだと言えば文句も言えないだろ？」

「あーあ、やな奴だねオメー」

「ナランチャも学校でトップだろ？」

「ああそうだぜ、下からだけどな」

「な、なんだとォ――」

「違う違う、聞いたよ。ボランティア活動で賞をもらったんだろ。新聞にも載ってたじゃないか」

「あ、ありゃ別にそんなつもりじゃあなくてよ――」

他愛のない会話、どうでもいい食事。

それが何故か、ひどく貴重で尊いものに感じられる。

日常をきちんと積み重ねてこられた者だけが、こういう和みを得ることができるのだろう。

自分たちが全員、道を踏み外さなかったことをフーゴは天に感謝していた。

わいわいと四人がダべっていると、ブチャラティが部屋に戻ってきた。

「よし、みんな集まっているな」

「どうしたんだいブチャラティ、みんなを呼び出したりして」

「ああ――」

ブチャラティはうなずいて、

「実は、みんなに紹介したい人がいるんだ」

と言った。そしてドアを開けて、その人物を導き入れた。

それはひとりの少女だった。少しきつめの顔立ちをしているが、表情はおだやかに微笑んでいる。

「こちらは、最近オレが世話になっている女性だ」

「はじめまして。トリッシュ・ウナと申します」

彼女はフーゴたちを見回して、優雅な動作で一礼した。

「トリッシュ、って――確かパッショーネ財団の、代表の一人娘じゃあ……」

「知っているなら話は早いな。実は財団とオレたちと、これから協力してやっていくことになったんだ」

「それって……もしかして？」

ナランチャの顔が輝いて、そして喋ろうとする口を横からアバッキオが塞《ふさ》いだ。

「むがが」

「バッカ。そーゆーことは他人が喚《わめ》き立《た》てるもんじゃあねーよ」

「皆さんのことは、ブチャラティから色々と聞いています。頼り甲斐のある素晴らしい方々だと」

トリッシュは持っていたバスケットを胸元に持ち上げて、

「お近づきの印に、私が焼いたケーキは如何《いかが》ですか？」

とお菓子をすすめてきた。大喜びでナランチャがまず手にして、続いてアバッキオとフーゴもひとつずつ取った。

「へえ、コイツはうまそうだな」

そう言いながらミスタもケーキを指先で挟んで、むしゃむしゃと食べ始めた。

（……え？）

　フーゴは、ぎくっ、とミスタの方を見る。

「ミスタ……？」

「ん、なんだよ」

「今、君は――平気だったのか？　気にならなかった？」

「なんのことだよ？」

「だって今――ケーキを取る順番が四番目だったのに――君は絶対に〝四〟を避けるのに……」

　フーゴがそう言うと――ミスタから表情が消える。人形のようになる。

　はっ、と見回すと、ナランチャとアバッキオも人形になっている。生命のない、突っ立っているだけの塊《かたまり》になっている。

「こ、これは……？」

　フーゴが呻《うめ》くと、目の前のブチャラティが静かに、

「君はもう〝定着〟されているんだよ」

と言った。だがその声が違う。それは老人の声だった。

「貴様は――ヴラディミール・コカキ……？」

「君は今まで、ずっと夢を見ていたんだよ。もはや二度と目覚めることのない夢を、な」

ブチャラティの顔がどんどん老人に変わっていく。

フーゴは手を伸ばすが、その姿はどんどん遠ざかっていく。フーゴの手からケーキが落ちる。するとそれが床に触れた瞬間に、彼を支えていた足下はガラスのように粉々になり、彼はたちまち落下していく——何もない虚空に。

「もはや君は脱出不能だ——永遠に墜落し続けるがいい——」

コカキの声が響いてくる。その向こうからさらに、

ららら、れらら、れれららら……


という、調子っ外れに歌われる『しゃれこうべの歌』が聞こえてくる。それは聞いたことのない声だった。それに被さるようにしてコカキの高笑いがどこまでも反響して、包囲してくる——。

(こ、これは……まさかぼくは、今までずっと——あのテアトロ・グレコからこれまで、延々とコカキの能力にやられ続けていたというのか……?)

奴を倒したと思ったのは錯覚だったのか——だとしたらもはや手遅れだ。何をしても無駄ということにしかならない……いや!

(いや……違う!)

フーゴは自分の墜落していく感覚に集中した。それはただ落ちているのではなかった。回転している……きりもみ状態で落ちているのだった。この感覚は違う——定着しているのとは違って、常に変化し続けているのを感じる。

（これは——ぼくは、今……！）

虚空の中を落下していく。その近くでは人形のように固まっているミスタたちもいる。その中にはトリッシュもいて——彼女は、

（彼女に、ならば——きっと！）

フーゴは落ちながら、彼女に向かって必死で手を伸ばす。スカイダイビングで一緒に降下している人同士が手をつなぐ動作のように、フーゴはトリッシュに近寄っていって——そして、彼女の白い頬に指を触れさせたかと思うと次の瞬間——そこを思いっ切り、ぎゅううううっ——と、つねり上げた。

＊

頬をつねられる激痛で、シーラEは、

「——はっ！」

と我に返った。

彼女たちの乗っているヘリコプターは制御を失って、きりもみ状態で急降下している。

そして彼女の隣席に座っていたフーゴが手を伸ばしていて、彼女の頬をつねっているのだった。彼の方は外部からの刺激が足りずに目覚めきっていない。夢うつつでの行動だった。

「こ、これは――ッ！」

シーラＥはあわてて身を乗り出して――その勢いで頬から指が外れる――操縦席の方を覗き込む。

だが――すでに手遅れだった。

パイロットが自らの舌を噛み切って、死んでいた。どんな幻覚を見せられたのか――あまりの恐ろしさに無意識のうちに自殺してしまったのだ。

そしてその横ではムーロロが口から泡を吹いて悶絶していた。白目を剝《む》いている。

（間に合わない――！）

彼女の目の前で、どんどん海面が迫ってくる。

身を乗り出して、操縦桿を摑《つか》んで懸命に引っ張るが、手応えが重すぎる――上昇に転じるには機体がもう限界なのだった。

「く、くそっ……！」

シーラＥは横のフーゴを〈ヴードゥー・チャイルド〉でヘリのドアごと蹴飛ばした。

ドアも吹っ飛び、フーゴも吹っ飛ぶ……下が海面とはいえ、相当な高さから突き落とす。

彼が目覚めれば助かるが、そうでなければおしまいだ……シーラＥも続いて外に飛び出した。

間一髪だった。ヘリはそのまま海面に激突して、衝撃でバラバラに飛び散った。少しの間を置いて、エンジンが爆発する。

水柱が空に突き上がる――。

飛び込んでいたシーラEが、ぷはっ、と海面から顔を出す。

「ふ、フーゴは……？」

彼女は周囲を見回した。

フーゴは近くに浮いていた。目覚めているのか、いないのか……彼女は泳いで彼の方に接近しようとした。

だが海流が速く、フーゴの身体はどんどん流されていく。

「う、うぬぬ――」

シーラEは必死で水を掻く。大丈夫ッ――子供の頃にはもっと速い川の急流でも平気で泳いでいた――できるッ、そう自分に言い聞かせながらひたすらに泳ぎに泳いで、なんとかフーゴに追いついた。

「ふぬぬっ！」

襟首《えりくび》を掴んで、近くに突き出していた岩礁に引き上げる。

心臓は動いているが、呼吸が停まっていたので、人工呼吸で蘇生させる。鼻を挟んで、唇から唇へと、生温かい大量の息を吹き込む。

四回目で呼吸が再開した。かぽぽっ、と海水を吐き出して、フーゴは眼を醒《さ》ます。

「う、うぐ――た、助かったのか……」

彼は周囲を見回して、そしてシーラEに訊《たず》ねる。

「……ムーロロたちは、どうした？」

これに彼女は静かに首を横に振る。フーゴは奥歯を噛み締めて、ううむ、とかすかに呻《うめ》いた。

頭を二、三度振って、なんとか気持ちを落ち着かせる。

シーラEが、そんな彼に
「――これからどうするの？　応援を呼んで、その到着を待った方がいいんじゃあない？」

と訊《き》いてきた。だがこれにフーゴは首を横に振った。

「その余裕はないだろう。今――このタイミングでヤツらが奇襲してきたということは……」

その言葉に、彼女もはっとなる。

「そうか――ムーロロが予知したオルティージャに、ヤツらは明確な目的があって、なんとしても近づけたくなかった、か――」

フーゴはうなずいた。

「そういうことだ。先回りされてると知ったら、行き先を変えればいいだけのはず」

「ココカキはここシチリアが地元だったわ――彼が何かを隠してたのか、あるいは情報を持ってたのか……いずれにせよ、敵の生き残りたちは何がなんでもそれを手に入れようとするでしょうね……」

　二人の頭上で、どんどん空が暗くなっていく――夜が訪れていく。

＊

「――よしっ、ヘリは墜落したぜッ！」

　ビットリオが拳《こぶし》を突き上げて、歓声を上げた。

「だが全員は始末できなかったようだ――破片の飛び散り方が不自然だった。海に落ちる前にドアが飛んでいたようだ。何人かは生きているぞ」

　ヴォルペがそう言うと、横でアンジェリカもうなずく。

「私の〈ナイトバード・フライング〉は射程が長いぶん、自分勝手に動いている能力だから、はっきりとはわからないけど……生命の消滅はひとつかふたつくらいしか感じなかった――最低でもひとりは、確実に生きてるわ」

「二人はいる、と見るべきだな――フーゴとシーラEだ」

「足止めにはなったから、それで充分さ。後はオレが片づけてやるよ」

　ぱしん、とビットリオが手を打ち鳴らした。するとそこで、

「待て――ビットリオ、おまえは今すぐに目的地に向かわなければならない」

　とヴォルペが鋭い口調で言った。

「え？　なんでだよ？」

「ヤツらを足止めできたのはいい——だがこれで、組織にもオレたちが何かを探しているのがバレたと見るべきだ。ヤツらに見つけられる前に、オレたちの誰かがすぐに〝あれ〟を取りに行かなければならない。そしてそれは、オレたちの中でもっとも単独行動に向いていて、防御力に優れたおまえしかいないんだ。オレたちはここでヤツらを食い止める役目をする」

「な、ならオレが防いでやるから、おまえらが——」

「駄目よ、ビットリオ——私は、そんなに速くは動けない」

アンジェリカの言葉に、ビットリオは、うぐっ、と呻《うめ》いた。

アンジェリカの弱り切った肉体は全力で走ることさえできない。荒事には向かない——それはわかりきったことだった。

そしてヴォルペは、彼女の身体が悪化したときに即座に治療するために、それほど離れることもできない。確かに行けるのはビットリオただひとりなのだった。

「だいじょうぶよ、ビットリオ——心配ないわ」

苦悩に顔を歪めている彼の頬を、少女は優しく両手で挟んで、すりすりと擦《こす》った。顔を近づけて、いたるところにちゅっちゅっちゅっとキスをする。

「あんたが、私たちの希望になるの……あんた次第よ。平気よ、あんたは強いもん。絶対にできるわ」

それは泣き虫の我が子をあやす母親のような表情だった。ビットリオは、うん、とうなずいて、

「そうだな……オレが大急ぎで動けば、別におまえたちを危険な目に遭わせなくてもすむかも知れねーしな。だがマッシモ、おまえたち退き気味でいくんだぜ?」

「ああ。おまえが〝あれ〟を取ってきたらすぐに合流できるように、だろう？　わかっているとも」

「よしッ！　やるぜッ！」

三人は直《ただ》ちに行動に移った。

＊

海岸沿いにあった駐車場で車を盗んで、そのままフーゴたちはオルティージャ島へと向かった。

運転しているのはシーラＥだ。フーゴは脇腹に鋭い痛みを感じていた。肋骨に罅《ひび》が入っているようだった。

「……いったいなんだろうな、ヤツらが手に入れようとしているものは——何らかの情報なのか。それとも具体的な〝物品〟なのか」

フーゴは色々と考えてみたが、だがもちろん答えなど出るはずがない。

もしもこれが、かつてディアボロがブチャラティに渡した『亀』のような〝追っ手から完全に身を隠してしまう方法〟だとすれば極めてまずいことになる。もはやフーゴには敵の跡を追うことが不可能になる。情報チームのムーロロもいなくなった今、手掛かりはゼロになってしまうだろう。

（それはまずい――実にまずい。もしもここで、ぼくがこれ以上役に立たないとなったら――猶予は二度とない。ぼくはミスタに殺されるだろう）

組織には、フーゴに替わる次の暗殺者など掃いて捨てるほどいるはずだ。これはラストチャンスであり、撤退は許されないのだ。だからさっきフーゴは、応援を呼ぶべきだというシーラEに反対したのである。理由はもっともらしいが、だが本音はただ、自分の身が可愛かっただけなのだった。

（応援で来る奴はまず間違いなく、ついでにぼくも殺せと命じられるはずだ――無能な奴は不要なのがこの世界の掟。例外はあるまい……）

シーラEは平気だろう。彼女には前科がない。以前に誰かを見捨てて逃げたことがない。ミスタの信頼があり、かつここまでヴォルペたちを追い詰めた成果はすべて彼女の手柄になるから、それに応える対象として彼女は助けられるだろうし、それどころか信賞必罰の組織のルールに則《のっと》れば、逆に出世もするだろう。悪かった責任はフーゴに、良かった評価がシーラEに向けられるのだ。

（くそっ……何がなんでも、ヤツらを止めなければ……しかし、もしもそれができなかったら？）

余計なことをつい考えてしまう。果たして組織から逃げられるだろうか？　かつてディアボロにも『かないっこない』として戦うことから逃げ出した彼が、それを上回るジョルノ・ジョバァーナを相手に逃亡することなどできるだろうか？

（……ぼくはコカキを殺している。今さらヴォルペたちに寝返ることは不可能だ……いやいやいやいやいやいやいやいやいやいやいやいやいや！　いや！　ぼくは何を考えているんだッ。くだらないことを考えるんじゃあないッ。前もそうだったじゃあないかッ。あれこれ考えすぎて、それでぼくはあのボートに乗れなかったんじゃあないか――）

そう思って、そしてフーゴはぎょっとした。

乗れなかった――。

今、確かに自分はそう思っていた。

それでは自分は、ほんとうは、あのボートに乗りたかったということなのか？　みんなについていきたかったということなのか？　心の奥底ではそう思っていたのか？

（いや――そんなことは――）

そもそもそんなのは自分らしくないことだ。もっと冷静で、常に損失の少ない方を選択することを期待されて、彼はブチャラティにスカウトされたのだし……。

（い、いや待て――ちょっと待て……）

フーゴの頭の中で論理が空転していた。なぜボートに乗らなかったのだというと、それはそういうことが期待されていなかったからということになり、その期待しているのは誰だというと、それはブチャラティだということになり、しかしボートに乗れと言ったのもブチャラティで――

（……違う。そうじゃあない……彼は――言わなかった……）

『ただしオレは、おまえたちについてこいと命令はしない。一緒に来てくれと願うこともしない』

彼はそう言ったのだった。だからナランチャは、彼に向かって『命令してくれ』と懇願したのだから――つまりフーゴは、

（ぼくは……その言葉に従っていたのか？　その〝命令しない〟という命令に……）

命令がないときに、もっとも無難な選択はとにかく〝待機〟だ。次の状況が明確になるまで不用意に動かない……だから彼は、あのときに一歩を踏み出せなかったのか？

自分で判断したように見えて、実はフーゴは、ただ幼い頃から周囲に教育され続けてきた〝常識〟というものにロボットのように従っていただけだったのか？

（ぼくは——）

　フーゴは自分が両肩を押さえて、ガタガタ震えていることに気づいていなかった。顔色は蒼白になり、奥歯がかちかちと鳴っていた。そんな彼を、シーラEが横目でちら、と見て、

「……怖いの？」

と訊《き》いてきた。フーゴはぎょっ、となって顔を上げた。

「——え？」

「ヴォルペたちが怖ろしい？」

「いや、ぼくは——その」

「正直に言うと、私はもう彼らがそんなに怖くない」

　シーラEの、むしろ素っ気ない言葉にフーゴは意表を突かれた。それは不敵というには、なんだか妙な放棄のある響きだった。彼女は続けて、

「それよりも——この先の方が怖い」

と言った。フーゴは眉をひそめて、

「——この先、とは？」

　そう訊《たず》ねたが、これに彼女は応えずに、その代わりに訊いてきた。

「ねえフーゴ——あんたなんでしょう？」

「え？」

「あんたが殺したんでしょう？　私の姉の仇《かたき》イルーゾォを、その〈パープル・ヘイズ〉で」

「………………」

「コカキの死に様を見て、理解したわ……確かにジョルノ様の言うとおりだった。この世で最も残酷な、苦痛に満ち満ちた死に方――それは肉体を腐らされ溶かされながら死んでいくという最期。コカキは首の骨を折られて即死だったけど、もしもあれがほんの数秒でも続いていたら、それだけできっと〝生まれてきたことを悔やむ〟ほどの苦痛に見舞われながら死んでいくことになるんでしょう」

「………………」

「ああ、そうなんでしょうね――別にあんたは意識してイルーゾォに罰を与えるつもりでやったんじゃあないんでしょうね。でも、事実は事実だわ。私はジョルノ様とあんたに、生命《いのち》を差し出しても足りない借りがある――それはわかっているのよ。でも……」

シーラEの顔が苦悩に歪んだ。

「私は怖くなった――あんたとコカキの戦いを見て、それを傍観するしかなかった私は、自分の限界を悟ったわ……あのとき」

彼女は、ふうう、と大きなため息をついた。

「あのとき私は、コカキの言うことを〝正しい〟と思ってしまった。そうしたら、私はコカキにかなわないと思っていた――」

「それは……敵の術に掛かっていたからだろう？」

「そうじゃあないわ――逆よ。かなわないと思ったから、術にはまってしまったのだから。そう――私は自分よりも〝正しい〟と思った相手とは戦えない。それが限界。でもこの世には、正しいとか間違っているとかを決められないことがあまりにも多すぎる――裏切るか裏切らないか、そういう岐路に立たされたとき、私はきっと――ついていくことができない」

彼女が洩《も》らしたその言葉に、フーゴの眼が見開かれた。

「……なんだって？　今、なんて言った？」

フーゴの問いかけを無視して、彼女はさらに言葉を続ける。

「そう、いつかきっとそういうときが来る。私がジョルノ様のために生きようと誓った、その精神よりも〝正しい〟相手に立ち向かわなければならないときが。でも私には、それができそうにない――その境界線を越えられそうにない――きっと後ずさってしまう……」

彼女は今にも泣きそうな顔をしている。

「シーラE、君は……」

フーゴが彼女に言おうとした、そのときだった。

前方を走っていた車が、急にハンドルを切った。

ブレーキを踏んだ様子もなく、そのまま――沿岸の道から飛び出して、海に突っ込んでいった。

事故――にしては異常すぎた。しかも一台だけではなく、次々と車は海に飛び込み、壁に激突していく。

そして、シーラEの運転する車にも、どん、という衝撃が走った。追突してきた車は跳ね返って壁に当たって、爆発した。

この車だけではなく、衝突は至るところで起きていく。がつんがつん、と何度も何度も追突されたり、前の車がUターンして突撃してきて、ぎりゃりりり、と擦《こす》られる。たちまちボロボロにされる車で、その多重連鎖交通事故の嵐を必死で切り抜けていく。

この周辺のドライバーたちが一斉に、正気を失ったような――いや、正にそのものなのだった。

「こ、こいつは――ッ！」

あの敵の攻撃――アンジェリカ・アッタナシオの〈ナイトバード・フライング〉だった。発見されたのか？　いや、それにしてはおかしい。あまりにも範囲が広すぎる……狙いなどまったく付けている様子がない。

（こ、こいつはやる気だ――街じゅうの人間を巻き込むつもりだッ！　ぼくらを食い止めるためだけに、見境なく何百人が死のうとかまわないつもりでいるッ……！）

フーゴは敵の、底無しの暗闇のような精神の恐ろしさを改めて痛感した。

「……既に私たちも、敵の能力の汚染を受けているんでしょうね――さっきの墜落のときの負傷のおかげで、脳内麻薬が出ていたから、それと相殺されてそれほど症状が出ていないけど──時間の問題でしょうね」

シーラEの言葉に、フーゴは痛めた脇腹を思わずさすった。激痛があるが、今はそれが逆に頼もしい。

「痛みを感じなくなってきたら、それが危険信号か──だがどうする？　このままオルティージャに向かっていったら、他に正常な奴はほとんどいないはず。すぐに見つけられてしまうだろう……いや、ここは覚悟を決めて、正面から行くしかないか」

フーゴがそう呟《つぶや》くと、シーラEはふいに車のブレーキを踏みしめた。

がくん、と急停止でフーゴの身体はバランスを崩して思わずよろめく。すると同時に、彼の横のドアがいきなり開いた。

見ると──シーラEの〈ヴードゥー・チャイルド〉が出現していて、それがドアを開けたのだった。そして次の瞬間、そいつはフーゴの襟首《えりくび》を掴《つか》まえると、その身体を路上に放り出していた。

「──な」

フーゴが身を起こすと、その目の前でドアがばたん、と閉じられた。

「お、おい──シーラE……？」

「私はついていけないい……後はあんたに託すわ。私の代わりに、たとえ〝正しく〟なくてもジヨルノ様のために、その力を――」

彼女の声は、急発進していった車の音で掻き消されて、たちまち遠ざかっていった。

オルティージャ島にひとりで向かっていく。

「ば、馬鹿なッ、シーラE――相討ち覚悟で突っ込むつもりかァ――ッ!?」

＊

シラクサ――。

かつてギリシャ人が築いたこの街がローマに支配されていたとき、行政官キケロは次のように著述している。

『シラクサはあらゆるギリシャ都市の中で最も大きく、また最も美しいとされている評判に偽りはない。この場所は自然の要害の地に位置している。陸からも海からも、あらゆる方角からの接近に対して見晴らしがきく上に、海側には二つの港を擁《よう》している。島と呼ばれる市街地はシチリア本土から隔てられているものの、橋によって行き来ができるようになっている』

最盛期には人口百万だとも言われたここは、今は十数万の住民が静かに暮らす近代的な地方都市であるが、それでもオルティージャ島は今も変わらず美しい。外周わずか四キロメートル強の小さなこの島は、さまざまな歴史を累積させたローマ風バロック建築の旧市街と現代的なホテルなどが同居している。

夜になれば、赤みを帯びた街灯に浮かび上がる路地の空気には独特のなまめかしさがある。その中を、今——ビットリオ・カタルディは走っていた。

（マエストランツァ通りを南に進んでいけば、目的地のドゥオモだ——よしッ）

移動は順調だった。なんら障害はなく、スムースに何ともぶつからずにここまで来られた。その理由は、街じゅうの人間を浸食している異常にあった。

通りをふらふらとさまよっている人々の眼には光がなく、口からはよだれが止めどなく流れ落ちている。金持ちも貧乏人も警官も犯罪者も男も女も子供も老人もなく、すべて平等に、精神を崩壊させられている者たちはビットリオに突き飛ばされても文句も言わず、顔を向けもしない。何も見えていないし、何も感じていないのだ。脳の中で自分勝手に創り出した幻想の中に閉じこめられてしまっていて、外界に対する判断力を一切失っていた。

ゾンビが徘徊《はいかい》しているのと変わらない夜の街を、ビットリオは駆け抜けていく。

（さすがだぜアンジェリカ——見事な手並みだ。オレも全力を尽くすぜッ！）

海沿いの道から島の奥へと走り去っていった彼の、その曲がり角のすぐ側の波打ち際《ぎわ》に何かが打ちつけられてきた。

海流に乗って、ここまで運ばれてきたそれは、ずぶ濡れになっても形の崩れない上質な素材で作られた高級品のボルサリーノ帽だった。一九三〇年代のギャング映画でジェームズ・キャグニーやハンフリー・ボガートなどが被っていたような、いかにも伊達《だて》男を気取った帽子だった。

ふらふら、と揺れていた帽子は、ふたたび海の方に戻りそうになる……そこに伸びる手があった。

帽子を慣れた手つきでつまむと、濡れているのもお構いなしで、ひょい、とそれを頭上に乗せる。

「…………」

その黒い人影は振り返って、ビットリオが消えていった路地の方を向いた。

「…………」

革靴の足音が路地に、控えめに響いていく。

＊

「……どうやらお出ましのようだな」

暗がりに身を潜めていたマッシモ・ヴォルペが、敵の接近を察知して立ち上がる。

「…………」

その後ろでは、アンジェリカがぼーっ、と焦点の合わない眼を夜空に向けている。能力を使っているはずなのだが、そういう集中はまったく見られない。その彼女の脈をヴォルペは少し診てやり、

「しばらくは問題ないだろう。オレは行くが、おまえはここから動くなよ、アンジェリカ」

「………………」

言われても返事をしない。しかしヴォルペはそれ以上は念を押さず、ひとりでその場から出ていった。

周囲からは時折、どおん、という爆発音や車が衝突する衝撃音が轟《とどろ》いてくるが、それでも彼女の表情に変化はない。

そんな彼女のところに、ちちち、と鳴きながら小鳥が戻ってきた。彼女はそれを指先に止まらせて、その小さな小さな嘴《くちばし》に耳を傾ける。ちちちち、と小鳥は鈴のような声で何かを告げる。

すると彼女の白い顔色が、わずかに紅潮した。その眼に昏《くら》い炎が灯る。

「……ゆるさない、ゆるさないよ、フーゴ……ゆるさないんだから……！」

ぶつぶつ呟《つぶや》きながら、彼女は立ち上がろうとして、ふらふらとよろめいた。それにもかかわらず、這うようにして暗がりから歩み出して、そして何処《どこ》かへと行ってしまった。

＊

シーラEは車を走らせていく。

車道で無事に走っている車は彼女のものだけだ。目的地であるオルティージャに急いで行かなければならないとき、そのルートはたったひとつしかない。ウンベルト一世通りを抜けて、石の橋を渡っていく道筋しかない。

そこをひた走っていく彼女の前に、

「………」

ひとつの人影が、ふらり、と通りを塞《ふさ》ぐように立ちはだかる。

マッシモ・ヴォルペだった。

「――――ッ！」

シーラEの鋭い眼が敵を正面から射抜く。眼と眼が合う。相手に迷いは一切なく、それは彼女も同じだった。生命を懸けているのは双方ともだった。

「――うおおおおおおおおおおおおッ！」

雄叫びを上げながら、彼女はアクセルを全開にして突撃する。判断している。

（ヴォルペの能力は麻薬を製造するもの――それ自体に強力なパワーはないッ。ここは正面から車で――轢《ひ》き殺すッ！）

逡巡のないまっすぐな殺意と共に、シーラEは突撃していく。

それを真っ向から受けとめながら、ヴォルペの口元が、にやり、と歪む。

その前に、彼の能力が、その分身が姿を見せる。

〈マニック・デプレッション〉――そいつは痩《や》せこけて背が伸びなかった欠食児童のミイラの

ような、包帯でぐるぐる巻きにされたガリガリの姿をしていた。ドクロのような顔に開いた二つの穴が眼にあたるのだろうか、そこにはなんの力も感じられない。

だがその弱々しい分身を前に、彼の表情には圧倒的な自負が漲《みなぎ》っている。

（突っ込んでくるか——マヌケが……知るがいい——）

マッシモ・ヴォルペ。彼の能力のことをコカキは〝すべての人間の上に君臨する〟と表現していた。

（その理由を教えてやる——我が能力は、まさに——〝人間を凌駕《りょうが》する〟能力だということを！）

『ムむけけけけケケケケェエエエ——ッ！』

〈マニック・デプレッション〉が甲高い奇声を上げると、べたり、とヴォルペの身体に抱きついてきた。

その全身から一斉に飛び出す——無数の、鋭い棘が。

注射針が。

その鋭利な先端がヴォルペの肉体の至るところを貫通する。

みしり、という音がどこからか聞こえた。それは破れる音だった。

人間の肉体限界が突破される音。

「――どぉおお……ぷ――」

口を開いたヴォルペから、異様な呼吸音が洩《も》れだした。そして一歩、前に踏み出る――そこに車が突っ込んでくる。

だが、彼の腹部にはそのバンパーが接触することはなかった。

その前に――眼にも見えないほどの速さで振り下ろされていた彼の腕が、車のフロント部分を強打して、下に叩きつけて、そして――地面との反撥《はんぱつ》で、上空に吹っ飛ばしてしまっていたからだった。

生身で。

素手で。

重さ一トンはある車が、まるで空気を詰めすぎたテニスボールのように宙に跳ね上げられていた。

くるくる、と重い重い車体は空を舞って、そして大地に触れたとき、やっとその本来の重量を思い出したかのように、ぐがしゃん、という地響きを立てて激突した。

あまりにも強烈すぎる一撃で破壊されたため、爆発すらしない。ただ凹んで、変形して、そして車ではない金属塊に変わってしまっているだけだった。

「――――」

その側に〈マニック・デプレッション〉をその身体にまとわりつかせたヴォルペが接近していく。

そして、まるでベッドのシーツを剝ぐような手軽さで、車の屋根を全部むしり取ってしまった。

その下には、血塗《ちまみ》れになったシーラEの無惨な姿がある。

「う、ううう……？」

彼女は信じられない、という表情で目の前にそびえ立つ男を、その化け物を見る。

「この能力の唯一の欠点は――」

ヴォルペはそんな彼女に、冷ややかに声を掛ける。

「長時間は使えないところだ。だがしかし、それを克服する手段をビットリオが取りにいっている――それは〝永遠〟を人間に授ける秘蹟だという。これがどういう意味か、わかるか？」

「………」

「おまえらのすべての希望は今、崩れ去った――そういうことだ」

＊

シラクサの司教座聖堂――ドゥオモはこのオルティージャ島の中でも最も威風堂々とした外観を持っている。武力でシラクサを支配した英雄的独裁者ゲロンが、古代にあったアテナ神殿をさらに紀元前五世紀にドーリア式で再建した建造物がほぼそのままの外観とともに遺《のこ》されている。数多くの改修を経ているので、外観と内部がかなりイメージが違う。重厚な外面に対して、ルネサンス以降に設計された内装は非常にシンプルで、現代的ともいえる素っ気ないインテリアになっている。

外のねっとりした空気も、その中に入るとたちまちひんやりと冷たいものに変わってしまうようなイメージがある。

「――ハアッ、ハアッ、ハアッ――」

その中を、ビットリオが駆け抜けていく。

彼が目指しているのは、ドゥオモの最深部、守護聖女ルチアの聖遺物が祀《まつ》られている聖所の一角だ。

目的はそれではなく、そのすぐ横にあるブロック壁の方である。

「――七、三、四――」

情報にあった順番で石を数えていく。そして他とは見分けがつかないその部分のブロックをとうとう見つける。

〈ドリー・ダガー〉の短剣でそこの壁を破壊して、その奥に塗り込められていた〝もの〟を掘り出した――当然のように、人の顔と同じくらいの大きさをしている。

ずしり、と重い――古代ギリシャともローマ帝国とも縁のなさそうな、南米のアステカ文明の意匠で創り込まれた不気味な顔立ちをしている。

石仮面。

それは便宜上そう呼ばれている。正式な名称は誰も知らないからだ。調べていたナチス親衛隊もとうとうそれの正確な発音を突きとめることはできなかったという。

「こいつが――」

ビットリオはその重い手応えに、ごくり、と生唾《なまつば》を呑《の》み込んだ。

石仮面の空洞の眼が、彼のことを見つめてくるような気がした。

「しかし、どうやって使うんだろう……？」

彼がそれをひっくり返してみると裏に何やら書かれているが、アステカの文字なので当然彼には読めない。

ここは無事に手に入れたことだし、ひとまずヴォルペたちと合流しよう、とビットリオが考えた……そのときだった。

どこからともなく、拍手する音が聞こえてきた。

ぱちぱちぱち、と乾いた重みのない拍手。

（……なんだ？）

今、この周辺にいる人間は全員正気を失っている――しかしその拍手は、それらとは少し異質な気がした。

そして次の瞬間——ぎょっとなる。

いつのまにか、その手の中から石仮面がなくなっていた。

床に落ちている——落下音もしなかったのに。

あわてて拾おうとすると、石仮面はまるでそれ自体が生きているかのように、床の上を滑るように移動していく——逃げ出していく。

ゴキブリのような動きだった。かさかさかさ、と音を立てながら異様に速い。焦って追いかける。

ドゥオモの奥から、広い礼拝堂内陣の方に移動していく。

そこにはひとりの男がいた。ぱちぱちぱち、と軽い拍手をしているのはその男だった。石仮面はそいつの足下にまで移動していって、そこで停止した。

ボルサリーノ帽子を被った伊達《だて》男——カンノーロ・ムーロロだった。

生きていたのか、とビットリオが驚く間もなく、ムーロロは左手で石仮面を拾い上げて、そして同時に右手を、その人差し指を口元に持っていって、その皮膚を歯で食い破った。

石仮面の上にその指をかざす——血がぽたぽた、と石仮面の上に垂れる。その罅《ひび》割《わ》れに血が吸い込まれていく。

変化は劇的だった。

石仮面の縁から無数の湾曲した棘が、骨芯が——がしゃん、と飛び出した。人間がそれを被っていたら、脳に無数の先端が突き刺さるような飛び出しだった。

脳を〝押して、覚醒させる〟――その秘術が込められた細工だった。それを確認すると、ムーロロはうなずいて、

「なるほど、本物だな――」

と呟《つぶや》くや否や、眼にも止まらぬ速さで懐から拳銃を引き抜くと、石仮面の眉間《みけん》に銃口を押し当てて、引き金を引く。

一切のためらいのない動作だった。石仮面は木っ端微塵に砕け散ってしまった。

銃声の残響が、おおおーん、とドゥオモに響いている……。

「て……てめぇッ！　なにしやがるんだァ――ッ!?」

ビットリオが絶叫した。そんな彼にムーロロは冷ややかな視線を向けて、

「〝永遠〟か――ジョルノ様はオレに言ったよ。〝永遠も絶対も、この世には存在しない。そう見えたとしたら、それは偽りの幻想に過ぎない〟となー――」

そう囁《ささや》いた。そしてさらに説明する。

「石仮面の破壊。それがオレの本当の任務――わざとコカキたちを泳がせていたのもそのためだ。おまえたちがオレをこの隠し場所に案内してくれるのを待っていたのだ」

「な、なんだと……？」

「ジョルノ様ご自身は石仮面に近寄れない……過去の因縁がありすぎて、スピードワゴン財団

や空条承太郎《くうじょうじょうたろう》に要らぬ警戒をされるからな。だからオレが代わりに彼の手足として動いて、ここまでやって来たのだ」

ムーロロの迷いのない眼差《まなざ》しが、ビットリオを正面から見据えている。

「ご苦労だった――おまえたちの役割は、これで終わりだ」

「ふ――ふざけんじゃねえェェェ――ッ！」

ビットリオは雄叫びを上げて、短剣を振り上げた。

その刀身に、ムーロロの顔がはっきりと映り込む。

「オレの〈ドリー・ダガー〉で――くたばりやがれッ！」

そして自らの喉笛を掻っ切った。

血飛沫《ちしぶき》が迸《ほとばし》るかわりに、ダメージの七割を刀身に映った相手に転移する。自分には小さな引っ掻き傷ができるだけだ。己も三割の傷を負うことを代償として、確実に敵を傷つける〝資格〟を手に入れる――それが〈ドリー・ダガー〉の無敵さだった。

例外はない。固いもので弾き返すこともできない。ビットリオが喰らうだけの衝撃が同じ比率で対象物に転移するのだ。ダイアモンドのような超硬質でも、ゴムのように柔らかいものでもまっぷたつに切れてしまう。その必殺の能力がムーロロを襲う。

「――――」

襲った――そのはずだった。

だが、一秒経ち、二秒経っても——ムーロロの喉はまったく裂ける様子がなく、平気で立っている。

「え——」

とビットリオが異変に気づいたとき、上から、ひらひら……と何かが落ちてきた。

薄っぺらい紙切れ——それはトランプのカードだった。

クローバーのJが、床に落ちた。そのカードにはほとんど千切れる寸前、という切れ目が入っていた。

カード絵の中で王子が、首を掻き切られていた。

「なんだ——？」

天井を見上げる……そこで絶句する。

ドゥオモの高い天井に、それらがびっしりと貼り付いていた。

トランプカードの群れの、その一枚一枚から小さな手足が生えていて、壁やステンドグラスにまでしがみついている。

「な——こ、これは……？」

「劇団〈見張り塔〉——というのは仮初《かりそ》めの名だ。本当は〝暗殺団〟なんだよ。五十三枚の群れで一体の〝能力〟——それが我が〈オール・アロング・ウォッチタワー〉だ」

「う、うう——」

石仮面をこっそりとくすね取ったのも、このトランプカードたちだったのだ。その薄さと小ささでどこにでも忍び込み、こっそりと細工をし、なんでも調べてくる能力——スパイのためにあるような能力だった。

「スピードワゴン財団の研究者に教えてもらったんだが……こういう〝群体〟の能力の持ち主というのは、心の中に大きな空洞を抱えているらしい。リゾットの〈メタリカ〉もこのタイプだったらしいし、日本の杜王町《もりおうちょう》という土地にいた〈バッド・カンパニー〉とか〈ハーヴェスト〉といった能力の持ち主たちも、やはり精神に決定的な欠落を抱えていたのだという——目的のために手段を選ばなかったり、目先のつまらない金銭欲に駆られて平気で友人を裏切ったりしていたそうだ。そう——オレも同じだ」

ムーロロは静かに言う。

「自分でも自分を信じていない。だから能力もバラバラに分裂している。人生と世界にひとつの確固としたものがあるとは思っていない——」

その足下で、一枚のカードがふらふらと奇妙な踊りをしている。それはジョーカーで、

『らら、ららら、れらら、れられら——』

と『しゃれこうべの歌』を歌っている。これは明らかに〈ナイトバード・フライング〉の症

状だった。そのカードだけが、汚染を受けている……。

「ま、まさか――」

ビットリオはカードの群れを見て、そしてムーロロを見る。相手はうなずく。

「そうだ――おまえの能力も、アンジェリカ・アッタナシオの能力も、オレに効いていない訳じゃあない。ただ――その効果が五十三分の一に分散されているんだよ。能力の攻撃によるダメージは、まずカードたちの一枚一枚で受けとめられて、オレに到達するのはごく微弱な量に留まるのだ。これがどういうことか、おまえにはわかるはずだ」

「う、ううう……」

「おまえは、攻撃する度にダメージの三割を引き受けなければならないが、オレに届くのは、その五十三分の一だけだ――比較するまでもない。三十パーセントと一・三パーセント――一度に受けるダメージ量が違いすぎる。オレはおまえにとって、いわば天敵。どう転んでも勝てない相手なんだよ」

「うぐぐぐ……」

「さて――ビットリオ・カタルディ。どうしてオレがここまで親切に説明しているのか、わかっているかな」

「ぐぐぐ……」

「おまえの気持ちは、オレにはよくわかる……そう、おまえもオレと同じだ。心の中に空洞を持っている。社会の底辺のゴミ溜めのようなところで生まれ育ち、なんの希望もない人生を送ってきた……盗みも殺人もなんとも思っていない。罪悪感など生まれてこのかた一度も感じたことがない。怖いもの知らずといえば聞こえはいいが、それはただ単に、失って困るような大切なものを持っていないだけだ。目先の怒りや苛立《いらだ》ちを晴らすことだけがすべての人生だ。そうだ……オレもずっと、そう感じながら生きてきたんだよ。あのお方に会うまでは」

「ぐぐ……」

「オレは自分が無敵だと思ってきた。誰だってその気になれば殺せると信じてきた。リゾットとディアボロを天秤に掛けたときも、これっぽっちもスリルなど感じなかった。都合のいい方につくだけだって冷め切っていた。ヤツらのためにオレが神経をすり減らすなんて馬鹿らしいって思っていたんだ——誰のためであっても、オレがストレスを感じるのは許せない、ずっとそうやって生きてきた。そんなオレが——」

ムーロロは遠い眼になった。それは遥か彼方の遠い遠い地平線を眺めるような眼差しだった。

「——初めて〝この人にだけは失望されたくない〟と心の底から思った。あのお方は初めて会ったときに、オレにこう言った——」

〝君は皆を裏切ってきたんじゃあない。単に相手にされていなかっただけだ。誰も信じない君は、誰からも信じられていなかった。君の無敵さは実のところ、無駄だ。どんなに強くとも、君には挑むべき目的も築き上げる未来もないのだから。無駄無駄……〟

「――オレは恥ずかしかった。自分の薄っぺらな根性がすべて見透かされたことに猛烈な羞恥心を覚えた。それは初めての気持ちだった……〝恥〟の感覚。それはオレにとって、人生で初めての〝熱さ〟だった。その気持ちに出会うことをオレは、虚しい生活の中でずっとずっと待っていたのだ」

「……………」

「良い奴も悪い奴も信じられない。裏切ることへの罪の意識もない。善と悪の区別もできない。神と悪魔の違いもわかっていない――だが、この〝恥ずかしい〟と思う気持ちがある以上、オレは決してあのお方を失望させることだけはしないだろう。他のすべてに唾《つば》を吐きかけられても、だ――おまえはどうだ？」

「……………」

「ヴォルペは駄目だ。あいつは危険すぎる。どう考えても妥協点はない。アンジェリカも手遅れだ。あの娘はどうせ長くない。……しかし」

ムーロロはビットリオを見つめて、うなずきかける。

「おまえだけは別だ。ビットリオ・カタルディ。おまえだけは我々が〝助けてもいい〟理由がある――」

「…………」

「友だちになろうじゃあないか、ビットリオ……おまえは強い。充分にあのお方の役に立てる。オレはおまえを信じていないし、これからも信頼関係など結べるとも思わないが、それがどうした——重要なのは今の軋轢《あつれき》じゃあない。その力で目的に挑むことであり、未来を築くことなのだから。あのお方の夢の実現のために、その才能を使ってみる気はないか？」

淡々と語りかける、その口調はおそらく彼本来のものではない。自分がかつて言われたことを、同じように繰り返しているだけなのだろう。こうやって人から人へと、その静かなる口調は世界中に広がっていくのだろう。

「…………」

言われているビットリオの顔は、ぴくぴくと引《ひ》き攣《つ》っていた。自分の中にある気持ちをどうやって表に出せばいいのかわからない顔だった。

「……う、ううう——」

やがて、決然とした眼で顔を上げて、そして叫ぶ。

「——うおおおおおおおおおおおおおおおおおおおオオオオオオオオオオオオォォォォォォォ——ッ！」

絶叫しながら、短剣を振りかざす。その切っ先を己に向け、突き刺す——喉といわず胸といわず腹といわず顔といわず腕といわず脚といわず眼といわず鼻といわず唇といわず耳といわず臍《へそ》といわず——全身の至るところに、めったやたらと斬りつけまくる。

天井から、切り裂かれたカードがぱらぱらと舞い落ちてくる。必殺の一撃が加えられる度にカードが殺されていく。五十三分の一ずつしかダメージが与えられないのならば、それが効くようになるまでひたすらに攻撃を積み重ねていくのみ——ビットリオは一度もためらわなかった。

「——」

そんな彼を、ムーロロは無表情で見ていたが、やがて——その唇から一筋の血が、つうっ、と流れ落ちた。

届いた——それを確認したビットリオの顔が歓喜に輝く。やった、やったぞアンジェリカ、マッシモ、コカキ——やったぞみんな、オレたちの勝ちだ、勝利だ——そう確信して、彼は手を止めた。

だらん、と腕が下に垂れるのと、こくん、と首が傾くのと、がくっ、と膝が崩れ落ちるのはすべて同時だった。

どこから、というのも無意味なほどに身体中に傷を負ったその痩《や》せこけた肉体は、あらゆるところから血を流しながら、無造作に落下した。

手から離れた短剣は能力の憑依《ひょうい》を失い、元の錆び付いて古ぼけた外見に戻って、床に触れると同時に微塵に砕け散る。その上に身体が倒れ込んで、二度と動かない。

とっくに死んでいた。

その傷まみれの顔はもはや表情筋さえ切断されていて、顔立ちさえも見分けられなかった。

「…………」

ムーロロは胸ポケットからハンカチを取り出して、唇から流れ出た一筋の血をぬぐい取った。海水に濡れたままのハンカチではよく拭けなかったが、それでも血はすぐに消えてしまうほどの量しかなかった。

帽子を脱いで、胸元に当てて、死体に向かって一礼する。

そして出口の方に視線を向けて、呟く。

「さて——フーゴたちの方は……?」

スタンド名=オール・アロング・ウォッチタワー
本体=カンノーロ・ムーロロ（32歳）

破壊力=C	スピード=B	射程距離=A
持続力=A	精密動作性=A	成長性=E

能力=トランプカードに憑依したスタンドで、タワー状に組み上げるとカードから手足が生えて人形になり、知りたいことを舞台劇風に演じてくれる。占いと言ってるがそれはウソで、五十三枚のカードがそれぞれ自律して動いて敵を暗殺する遠隔操作スタンドであり、劇とかは情報収集した結果を報告しているだけだ。このことは仲間にも内緒で、裏切り者が出たときは密かに始末するようボスに命じられている。

Pannacotta Fugo
パンナコッタ・フーゴ

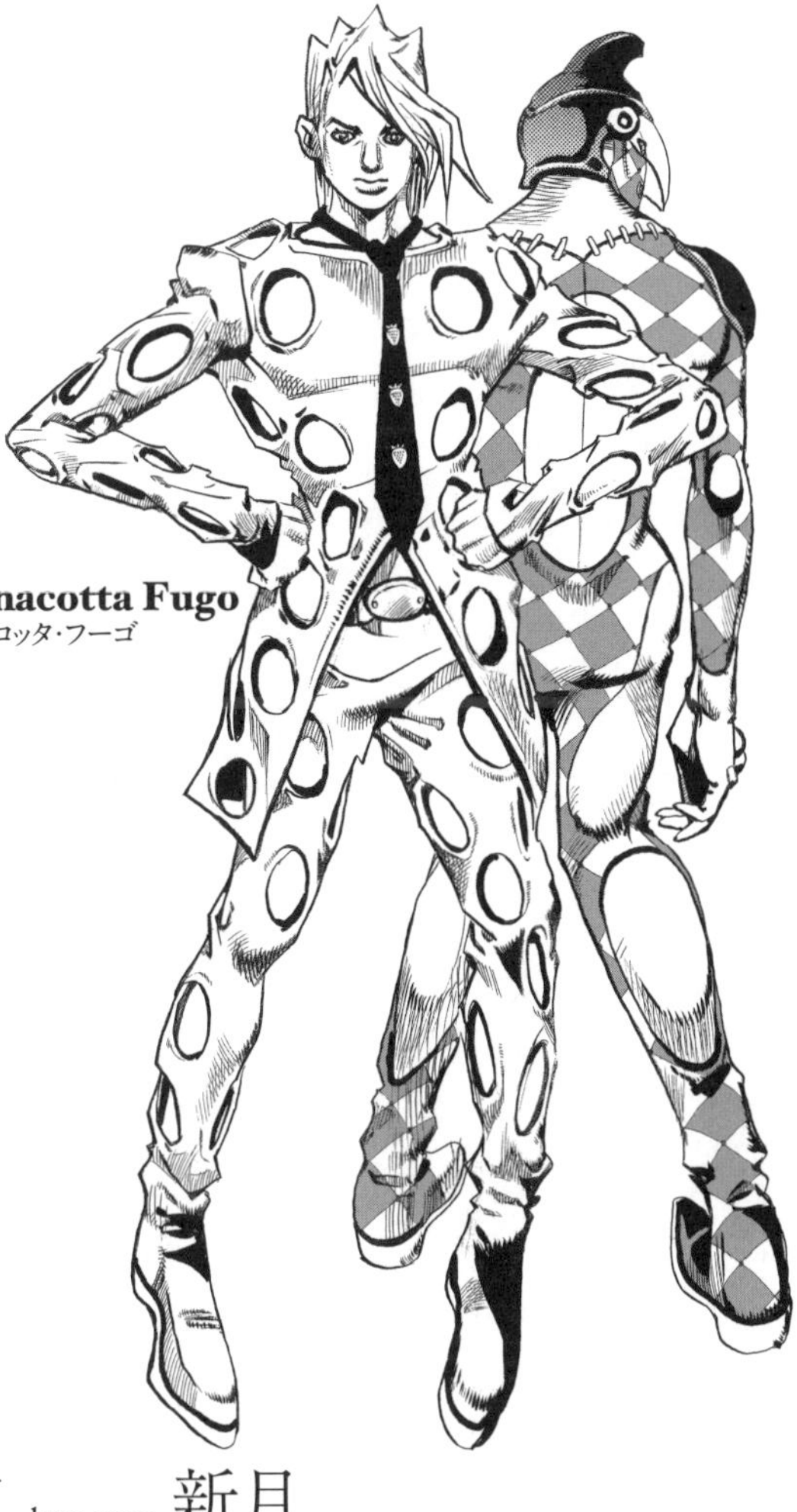

VII. luna nova 新月

その夜、地中海の空は暗かった。頭上には星が申し訳ない程度に瞬《また》いているだけで、その中心となる月光の輝きは欠落していた。

新月の闇の中では、逢瀬する恋人たちさえ互いの顔も見えず、あらゆることが隠されて表沙汰になることはない。真実も虚偽も、ともに同等の謎となって、暗黒の中で放置されるのだった。

死闘はまもなく決着する。

だがこの争いが過去の清算であるように、因果は次なる因果に巡っていき、世代を変えて、いずれは新たなる戦いが必要となるのだろう。今の勝者は次の敗者となり、いずれの優劣も後世では付けることもできず、すべては歴史の混沌の中で消えていく。

そのときに人が何を思い、何を決断して、何を捨てたのか――それらは誰にもわからない永遠の謎として世界に堆積していくのだ。

滅びた文明の忘れられた遺跡に埋もれている仮面のように、その意味が問われる日を待っている。静かに、時を待つ……。

＊

マッシモ・ヴォルペが生まれたときには、もはや彼の家柄は没落していた。

縁戚の大半は貴族の地位をブルジョア商人たちに金で売ってしまっていて、血のつながりのない叔父だの伯母だのがやたらにいた。そういう成金どもにへりくだりながらも陰では口を極めて罵倒する父親を見ながら彼は育った。そして本来ならば跡継ぎだった兄が、そんな家に愛想を尽かして『料理人になる』と言いだしたために、次男である彼がヴォルペ家の次期当主になることが決まってしまった。兄のアントニーオには確かに料理の才能があったが、古臭い貴族の考えが抜けない父はそもそも高貴な者が料理などという汚れ仕事をすること自体が許せず、ほとんど追い出すようにして勘当してしまったのだった。別れ際《ぎわ》に兄は悲しそうな顔で言った。

「すまないマッシモ。おまえに押しつけるような形になってしまったな。だが父上を許してやってくれ。あの人は時代が変わったということがどうしても受け入れられないんだ。おまえも苦労するだろうが、どうにか折り合いを付けてくれ」

「兄上はこれからどうするんですか？」

「そうだな。しばらくは修業だろう。だがイタリアの料理界では、私のような貴族崩れの半端者は受け入れられないだろうから、世界中を回ってみるつもりだ。いずれはどこかの国で、小さくても良いから自分の納得のいく料理を出せる店を持ちたいね。もちろんヴォルペ家の名を汚さないために、これからは亡くなった母上の姓であるトラサルディを名乗るつもりだよ」

「どうでもいいんじゃないですか、そんなことは」

「そうはいかないよ。父上が許さないだろう」

「父上が嫌で出ていくのに、なんでその後を気にするんです？」

彼がそう言うと、兄は少し不安そうな顔になり、

「なんだか他人事《ひとごと》みたいだな。おまえがこれからはヴォルペ家を背負って立たなきゃならないんだぞ？」

「なるようになりますよ」

彼は薄ら笑いを浮かべて答える。

「どうせ、どうにもならないってことは、兄上だってわかっているんでしょう？」

「マッシモ——おまえは」

兄はやや、気味の悪いものを前にしたような眼差《まなざ》しで弟を見る。

「おまえには夢はないのか？」

「夢？」

彼は兄に、ほとんど嘲笑するような視線を返す。

「幸せになる、とかですか、そいつは。あんたの料理でみんなを幸せにしますか、ねえトニオ？」

それまで一度も言ったことのない、馴れ馴れしい愛称で兄のことを呼んだ。兄は困惑した顔になったが、首を左右に振って、

「私が言えた義理じゃないが――おまえは、もう少し自分を大事にした方がいいよ。兄として言えることはそれだけだ」

「わかってますよ」

「いや、わかっていない――おまえはきっと、父上よりもわかっていない。彼は世界のあり方を悲観しているが、おまえは無視しているんだよ……」

それが兄との別れで、以来二度と会っていない。数年後、家の膨大な借金がどうにもならなくなったので、彼はその身分ごと〈パッショーネ〉に身売りした。父はすっかり老け込んで、今では立派な麻薬中毒患者だ。もちろん、彼が生み出す麻薬の愛用者である。

もしかしたら、とは思う。彼が〈パッショーネ〉によって能力に目覚めさせられたとき、地球の裏側にいた兄にも能力が覚醒したかも知れない、と。血の繋がっている者の間ではしばしばそういうことが起きるのだそうだ。

（あの兄のことだから、オレと似たような能力であっても、きっともっと〝夢〟のある才能になったんだろうな。生体反応を活性化させるといっても、それこそ〝健康的な料理を作る〟とかになっていたりするかも知れない。そう思うと笑ってしまうな。一方では麻薬中毒者を増やし、一方では健康なヤツを増やしているわけだ――ま、どうでもいいがな）

そんな退廃的で無気力な性格の彼であったが、一度だけ、そういう投げやりな考え方がちょっと嫌になったことがある。

それは大学に通っていたときに、一回りも歳下の同級生、パンナコッタ・フーゴを見たときだった。

嫌な印象があった。

ほとんどサボっていた彼とは違い、表面的にはフーゴはずっと優等生でいい加減なところは皆無だったが、それでもヴォルペにはわかっていた。

こいつは、オレと同じくらいに周囲のことなどどうでもいいと思っている、と。

やがてフーゴが自滅するように大学を去ったときも、ちっとも意外ではなかった。そうなるだろうと思ったことが起きたに過ぎなかった。

だが嫌な感覚だけはずっと残っている。いつの日か、あの嫌な嫌なガキがまた自分の前に現れて、不快な思いをするのではないか――そういう予感が消えなかったのだ。

そして、今――まさしくそのときが近づいてきていた。

「ヤツがいないな――フーゴはどうした？」

屋根を引き剝がしてやった車の中でぴくぴく痙攣《けいれん》しているシーラEに向かって、ヴォルペは冷ややかな調子で訊《き》いた。

「ぐ、ぐぐ――」

シーラEは返事をしないのか、できないのか、ヴォルペには判断が付かなかった。衝撃が彼女の全身を手ひどく痛めつけていたからだ。

「やりすぎたか？　しかし突っ込んできたのはおまえの方だからな。まあいい――人質ぐらいにはなるだろう」

彼女の身体を乱暴に摑《つか》んで、破壊された車から引きずり出す。

だらん、とシーラEは首根っこを摑まれた子猫のようにぶら下げられた。

「ぐ、ぐぐっ――〈ヴードゥー・チャイルド〉ッ！」

彼女は力を振り絞って、能力を繰り出した。だが〈ヴードゥー・チャイルド〉の拳《こぶし》は、ヴォルペの生身の掌《てのひら》にすべて弾き返されてしまった。〈マニック・デプレッション〉で強化された肉体は、能力攻撃でもあるので彼女のパワーとスピードが通用しない――逆に砕かれる。

〈ヴードゥー・チャイルド〉の腕がへし折れると、シーラEの腕も骨折してねじ曲がる。蹴りを放つ余裕もないうちに、両脚も破壊される。

「ついでに――だ！」

ヴォルペは頭突きで、シーラEの額を割ってしまう。

「――ぐあああっ！」

溢《あふ》れた血が眼に入り込んで、視界が奪われた。首がムチウチになり、変な形に曲がったまま戻らない。

完全に行動不能にさせられてしまった――相手は実力の二割も出していないのに。あまりにも圧倒的な戦力差だった。

「よし――」

ヴォルペはシーラEをぶら下げたまま、後ろを振り返った。

「とりあえず片付いたな――アンジェリカ、出てきてもいいぞ。付近に接近してくるヤツがいないか、調べてくれ」

そう呼びかけたが、しかし返事もなければ、姿を現しもしない。

「アンジェリカ？」

ヴォルペは嫌な予感を覚えた。焦りながら動けないシーラEを乱暴に放り出して、アンジェリカに隠れているように言った場所を覗き込む。

そこは空っぽだった。

「まさか――アンジェリカ？　ひとりでフーゴを――コカキの仇《かたき》を討ちに？」

＊

「――はっ!?」

フーゴの足が、ぴたり、と停まった。

彼はシーラEを追って、オルティージャ島に向かって走っている途中だった。

その前方から、人が押し寄せてくる。

群衆——そういうレベルの人数が殺到してくる。

全員、フーゴめがけて突進してくる。

その眼の色が変わっている。いや、正確には色がなくなっている。無表情のうつろな空っぽの視線をあらぬ方向に向けて、それとは無関係に身体だけを突進させてくる。見て確認しないで走っているので足下などはすぐにもつれたり躓《つまず》いたりしているが、それで倒れた人間の上を次の人間が踏んづけていく。停まらない。疾走してくる地獄絵図だが、そこには悲鳴がない。

すべての感覚が消えている。

あるのはただ、全員に浸透させられた歪んだ殺意だけだ。

（こいつが——）

フーゴはあらためて戦慄する。

これが〈マニック・デプレッション〉の麻薬がもたらす未来なのだ。〈ナイトバード・フライング〉はただその伝達を手伝っているだけだ。あらゆる精神が、人格が、思考が無意味化して、ぽとり、と落とされた刺激だけで右に左に流されるのみの群衆が蔓延《まんえん》する世界——。

（ジョルノ・ジョバァーナはこいつを〝最も危険〟だと言ったらしいが——間違ってはいないッ。こいつの行く先には底無しの、ばっくりと氷河に裂けたクレバスのような闇しか感じないッ！）

群衆がいっせいに、フーゴに摑《つか》みかかってくる。

「――く、くそっ……！」

フーゴは必死で群衆を振り払う。下手な攻撃はできない。彼の必殺のウィルス攻撃を使えば、この程度の人々は簡単に殲滅《せんめつ》できてしまうが……できてしまうのがまずい。

（攻撃するためのカプセルは、六個しかない――ここで使ってしまうと、ヴォルペに届かないッ）

フーゴはもがきながら必死で前進する。後退は不可能だった。背中を向けたらたちまちゾンビのような群衆にしがみつかれておしまいだ。あくまでも正面から突っ切るしかないのだった。人々が彼に爪を立ててくる。ばりばり、と禿頭《はげあたま》の中年男に頰を引っかかれる。

「――ちっ！」

フーゴはそいつを蹴飛ばして引き離す――ぽたぽた、とその腿《もも》に何かが垂れた。

それは血だった。相手の返り血ではない。自分から出ていた。頰の傷が思ったよりも深かったのだ――はっ、となる。

（痛みが……減っている！）

これは〈ナイトバード・フライング〉の浸食が進んでしまっている兆《きざ》しだった。能力のパワーが増している――ということは……。

（敵本体が——近くにまで迫って……）

そう考えたときだった。どん、と横から誰かがぶつかってきた。

しがみつかずに、そのまま離れていく——フーゴがそっちに視線を向けようとしたところで、彼の身体が横に傾いた。

バランスを失って、倒れていく——力が入らない。

脇腹に違和感があった——そこに刺さっていた。

深々と、ナイフが突き立てられていた。

力を込めようとすると、そこで分断された腱と筋肉が作動せず、立ち上がることができない——その間にも、彼を刺した小さな人影はどんどん離れていく。

「う、ううっ——〈パープル・ヘイズ〉ッ！」

絶叫しながら、フーゴは懸命に能力を絞り出した。

ここで逃がすことはできない。あの敵本体は今、ここで確実に倒さないと被害は無制限に拡大し、オルティージャ島のみならず、いずれシチリア中の人間が死ぬことになる！

動けない彼に、どんどん正気を失った群衆が押し寄せてきて、次々としがみついて、爪を立てて、噛みついてくる。

だが——あえてだった。

あえて無理に動かない……操られている者たちはみな彼の方に来る。だが敵本体は、ナイフを刺して勝利を確信している相手は、逆に離れていっている——区別がつくのだった。

『ブッシャアアアアアアアァ——ッ！』

〈パープル・ヘイズ〉の雄叫びが暗い夜空に轟《とどろ》いた。はたして一撃は相手に届いたのか……それをフーゴは自分の眼で確認することができない。ひたすらにもみくちゃにされながら、ただ待つしかない。やがて——凄まじい激痛が脇腹から突き上がってきた。あまりのことに「ぎゃあああああっ」と泣き叫んで情けない悲鳴をあげてしまう。しかしこの痛みは、この内臓を抉《えぐ》られて、腹の中に溶かした鉛を注ぎ込まれたようなダメージ感覚は——

（消えた……ぞ……麻酔が……！）

敵の能力の影響が消滅して、彼の周囲を取り巻いていた群衆たちは、ばたばたと路上に倒れていった。これまで暴れ回っていた反動で、意識を失ったのだろう。彼らが正気を取り戻せるかどうか、それは今の時点ではわからないことだった。

「ぐ、ぐぐぐっ……！」

脇腹にナイフを刺したままで、フーゴはよろよろと起きあがった。引き抜くわけにはいかない。抜いた途端に血がほとばしり出て、たちまち出血多量で死ぬだろう。このままで行くしかない……マッシモ・ヴォルペが待つ、決着の場所へと。

＊

戦闘であちこち切れてしまっている街灯の照明の、点《つ》いたり消えたりしている光の下に、ふらり、と影が現れた。

焦燥に駆られて、彼は橋を渡ってシチリア本土の方に向かおうとした――すると、さっきの
周囲を徘徊《はいかい》していた人々が次々と倒れていく。異変が起こったのは歴然としていた。

ヴォルペは思わず声を上げていた。

「――アンジェリカッ⁉」


青白い影。闇に半分吸い込まれてしまいそうな薄い影。

真っ白な肌をした、アンジェリカ・アッタナシオだった。

「はァーい、マッシモ……」

彼女はふらふらと近寄ってきて、その途中でよろけて、点滅している街灯にもたれかかった。

その、やたらに大きく見える瞳が、ヴォルペのことを見つめてくる。

「あ、アンジェリカ――無事だったのか、よかった……」

ヴォルペが彼女のもとへ駆け寄ろうとしたところで、アンジェリカは、

「――そう、それそれ」

と、彼のことを指差した。

「ほら、ね――それがいい……その方がずっと、いいよ」

「え？」

「マッシモ、あんたはァ……そうやって笑うと、すっごく可愛いよ――うん、ほんとうに、可愛いから――さァ……」

そう言って、彼女もにっこりと微笑む。

そして次の瞬間、崩れ落ちる。

かろうじてつながっていた肉体の糸が切れる。〈パープル・ヘイズ〉の殺人ウィルスに感染された身体が崩壊する。水の入った風船が針で突っつかれて割れるときのように、彼女の生命は地面にこぼれ落ちていった。


……ぎくり、とした。

シーラEは、自分が聞いているのは何かの爆発音かと思った。地下のパイプか何かにガスが溜まっていて、それに引火したのかと――だが違った。それは人の喉から出ている音だった。

絶叫するヴォルペの咆哮《ほうこう》だった。

それは周辺の空気すべてを焦げ付かせてしまうかのような火炎であり、同時になにもかもを凍りつかせてしまう吹雪だった。

「――――……ァァァァァァァァァァァーッ！」

地上最期の日に天から鳴り響くという審判のラッパのように、その音響はびりびりとあらゆるものに反響していく。

そして――ぱたっ、と止《や》む。

静寂が落ちる。

停止していたヴォルペの身体が、何度か左右に不安定に揺れて、ゆっくりとした動作でこっちを向いた。

がくん、と傾く首の上にある両眼が、シーラEの方を見る。

人形の眼に塡《はま》っているガラス玉でももう少し温もりがあると思うほどの、どこまでも表情の欠落した眼。

心の中になにもない視線――容赦のない眼。

はっ、と思ったときには、もうヴォルペは地面に倒れていたシーラEのすぐ近くに迫ってきていた。

腹に、爪先が喰い込む――蹴りが入る、などという生易《なまやさ》しいものではなかった。

それは〝射出〟だった。

ヴォルペのジェットエンジンのような脚力で、彼女の身体は上空に吹っ飛ばされていた。

空に舞い上がった彼女の身体は、当然のように墜落する――その下にはもう、やって来ている。

ヴォルペは片腕で、地面に激突する寸前だったシーラEの身体を掴《つか》み取ってしまった。さらにぶん、と振り回して、地面に叩きつける。

そこは、少しばかり開けた場所だった。

短い並木道を挟んで、南国的なソテツの植え込みと柵に囲まれるようにして、ほとんど何もない空き地のような空間になっていた。

そこはオルティージャ島でも最も古い場所だった。石造りによる周柱式の神殿跡。かつては処女神アルテミスを祀《まつ》っていたと信じられていたが、今は太陽神のためのものではないかといわれている。

アポロン神殿遺構。

それが、その場所の一般的な解釈だった。

「う、うぐぐ……」

シーラEは動かない身体をそれでも必死で起こそうとする。その上から踏みつけられる。

そして、冷たい声で囁《ささや》かれる。

「呼べ」

「え……」

「呼べ、フーゴを――ヤツをここに呼べ。悲鳴を上げて、助けを呼べ」

「ううう――」

「抵抗は無意味——おまえの意思など〈マニック・デプレッション〉で制御できる肉体反応の前には無力だ」

言うやいなや、ヴォルペの指先が彼女の喉を貫いていた。

確かに刺さっているのに、そこから出血がない。接触している箇所から、損傷がどんどん治っていくからだった。そして指をゆっくりと回される。その途端に、自分でも驚くような大声が「あぇあぇあぇあぇあー」と迸《ほとばし》り出た。コーラスのようによく通る声だった。ぐりぐり、と指が動く度に、声は機械的に大きくなっていく。アンプのボリュームを回されているようだった。

(う、うううううっ……！)

声帯が破れて、血が霧吹きのように飛び散るが、その傷もすぐに治ってしまう。さらに大きな声が響いていく。

心臓の鼓動がやたらに速くなっていくのがわかる。身体に異様な負担が掛かっているのだろう。喉と肺にだけ血液が集中し、骨折している手足からも感覚がなくなっていく。

(だ、駄目だ……もう、意識も——)

シーラEの視界に、貧血によるちかちかとした無数の光点が混じりだす。それは蛍のように、暗い夜空を飛び回って見える。

(——クララ姉さま……さようなら、です——姉さまはきっと天国から私を見守ってくれていたでしょうけど、私はたぶん地獄行きだから、姉さまとは――)

彼女が心の中でそう呟《つぶや》いたときだった。ふいに彼女の喉から出ていた声が〝ストップ〟のボタンを押されたかのように、途切れた。

いつのまにか、ヴォルペが手を離していた。

彼はもう、シーラEのことを見ていなかった。彼女に対する関心を失っていた。別の方角を見ていた。

ただならぬ憎悪を込めて、その方角を見ていた。

アポロン神殿遺構の入口に、その人影は立っていた。

がくがく、と脚が痙攣《けいれん》しているようだった。腹にナイフを刺したままで、立っているのもやっと、という状態でここまで必死にやって来たのだった。

「ヴォルペ、君が――用があるのは、ぼくだろう?」

パンナコッタ・フーゴは数年ぶりに再会したかつての級友に向かって、静かにそう言った。

＊

自分の方をシーラEが、驚いた顔で見ている。なんでここにいる、という顔をしている。その横でヴォルペが立ち上がる。復讐心に燃《も》え滾《たぎ》って、こっちに向かって突進してくる。

それらの光景をぼんやりとした眼で眺めながら――フーゴはそのとき、まったく別のことを考えていた。

（ああ——そうか）

奇妙な納得が心の中にあった。これまで引っかかっていた疑問が、綺麗に溶けていた。

（そういうことだったのか——ナランチャ、君は——）

どうして彼があのとき、あんなことを言ったのか。どうしてあんなことをしたのか、それがずっとわからなかった。どうして彼は、別に好きでもない女のために組織を裏切ることができたのか。ほとんど知りもしない彼女に対して〝トリッシュはオレなんだ。彼女の傷はオレの傷だ〟とまで断言できたのか——その理由がずっとわからなかった。

（だが——今ならわかる）

フーゴは本来ならば立っていられないほどの負傷に耐えながら、焦点の定まらない眼で自分に迫ってくる敵と、倒れているシーラEを見ている。

（あの娘は——〝ついていけない〟と言った。その言葉を、ぼくも——前に使ったことがある……）

その感覚を知っている。その居たたまれない苛立《いらだ》ちと虚しさが同時に全身をさいなむような悲しさを知っている。

（そうだ——これだ。これなんだ。この感じだ——彼女とぼくは〝似ている〟……）

うっすらと、彼の唇に微笑が浮かぶ。それはやや自虐的な笑みだった。あれほど馬鹿にしていたナランチャでもわかっていたことを、秀才ぶっていたフーゴは、彼に遅れること半年も経って、ようやく理解できたのだ。

（シーラEは……ぼくだ。彼女の怒りは、ぼくの怒りだ……！）

敵が接近してくる——どんどん近づいてくる。猶予はない。彼我《ひが》の距離が射程距離の五メートル内に入ったときが、どちらかが死ぬときだ。

フーゴは動かず、ヴォルペは突撃してくる。

七メートル。六メートル。そして——五メートル内に侵入する。

フーゴから分身が飛び出してくる。〈パープル・ヘイズ〉がその凶暴な殺意を剝《む》き出《だ》しにして、襲ってくる敵に逆襲していく。

（ううっ——）

シーラEには信じられなかった。せっかく自分が犠牲になって彼を助けられたと思っていたのに——

（どうして来るのよ、あいつは……！）

勝ち目はあるのか。確かにウィルス攻撃は一撃必殺——しかし至近距離で放てば自滅するしかない能力である。

敵には感染し、自分は効かない距離で使わなければならない。そのほんのわずかな間合いの中で命中させられなければ、相手の超高速攻撃の餌食《えじき》になるしかない。相討ち覚悟で行ったとしても、かわされたらそれで終わりだ。病死する様を横で笑われながら眺められるだけの犬死にだ。

（どうするの……？）

フーゴが〈パープル・ヘイズ〉を繰り出したのが見えた。間合いに入った——チャンスは一瞬、それを逃したらもはや終わりだ——しかしそのとき、シーラEの眼にありえないものが飛び込んできた。

（な——あ、あれはッ……!?）

月のない真っ暗な夜空に、地上からの光を浴びて、それが見えた。

〝ちちち……〟

と小さな小鳥が飛んでいる——〈ナイトバード・フライング〉の姿が。

（馬鹿なッ、あの本体の少女は死んだはず——ウィルスに感染して生きているわけが……）

まさか——ヴォルペが〈マニック・デプレッション〉で、骨格まで溶けてしまった少女を、九割がた死体の状態で強引に生かしているというのか？

（もう思考さえないはずなのに、あの自動的な能力の小鳥だけが残存している——）

何故そんなことをするのか……その理由はたったひとつしかない。

（ま、まずいッ——あの小鳥は正常な感覚を失わせるッ——この決定的な間合いで、ほんのちょっとでもその影響を受けたら……！）

彼女の眼前で、フーゴとヴォルペが激突しようとしている。

〈パープル・ヘイズ〉が飛び出してきて、敵に突進する――そのはずだった。

だが、その位置がおかしい。

てんで見当外れの方角に飛び出している。繰り出した拳《こぶし》がむなしく空を切る。

その間に、ヴォルペは五メートルの間合いを瞬時に駆け抜けてフーゴに接近する。懐に入り込まれる――最終限界ラインを突破される。

もう駄目だ……そう思われたときだった。シーラEは奇妙なことに気づいた。

（……あれ？）

おかしなことがあった。それはこの状況では絶対にあり得ない異様なことだった。

（ど、どういうこと――拳に……〈パープル・ヘイズ〉の拳に――）

殺人ウィルスが封じ込められている必殺のカプセル。拳に付いているはずのカプセルが……

（カプセルが……ないッ！）


「――終わりだァァァァァーッ！　フーゴォォォォォーッ！」

勝利を確信しながら、ヴォルペは突進していった。振り上げた手刀がフーゴの身体をまっぷたつに引き裂くまで、あと数センチ――そこまで迫ったところで、ヴォルペは敵の眼を見た。

自分を真っ向から見つめてくる、フーゴの眼を。

はっ、とした。

それは見たことのない眼だった。なんでもわかっている風の、優等生のフリをしている頭でっかちのキレた同級生の眼ではなかった。組織の命令や常識に従っていればいいというチンピラの眼でもなかった。

覚悟している眼だった。

すでに決断をすませて、それに賭けている眼だった。

ぱきっ、と何かが砕ける音がした。すぐ近くから――目の前のフーゴから、今まさに攻撃しようとしている彼の頭から……口の中から。

（し……しまっ――）

強化した身体反応でも間に合わなかった。次の瞬間、フーゴの口から噴き出した血が、ヴォルペの身体に飛び散っていた。

カプセルを噛み砕いた血だった。

身を退《ひ》いたときには、もう手遅れだった。

あらゆるガードは無意味。獰猛《どうもう》。それは爆発するかのように増殖して襲いかかる。

「――――ッ……」

ヴォルペは口を開いたが、そこからもう声は出なかった。肺に穴が開いて、空気が漏れだしていたからだ。踏ん張ろうとした脚も、力が入らなかった。筋繊維がボロボロに切れていたからだ。天を仰いだが、何も見えなかった。眼球がドロドロに液化して流れ落ちていたからだ。後悔しようとしたが、それもできなかった。脳細胞さえも喰い尽くされていたからだ。

嵐に晒《さら》された枯れ葉のように、マッシモ・ヴォルペの生命はほとんど一瞬で、この世から吹っ飛ばされて、消滅した。

*

「…………」

シーラEは、目の前の光景が信じられなかった。

ヴォルペの身体が、瞬時に溶解して、蒸発していく。

しかし、その前に倒れているフーゴの身体の方は、ウィルスのカプセルを自ら割ったはずの彼の身体は、そのままで残っている。

「……が、がふっ……」

彼の口が開いて、苦しげな呻《うめ》き声と吐血が洩《も》れだした。

……死んでいない。

「ど、どうして――」

シーラEが思わずそう呟《つぶや》いたとき、ふいにすぐ近くで、

「能力というのは、本人の性格を反映する。精神が変化すれば、能力も変わるんだよ」

という声がした。視線を向けると、そこにはムーロロが立っていた。

「………」

こいつも、なんで生きているんだと思った。そんな彼女の視線を受けて、ムーロロは肩をすくめて、

「おっと、すぐにヤツを助けに行け、なんて言うなよ。フーゴのウィルスはおそらく、以前よりも遥かに凶暴になっているんだ——カプセルを噛み砕いたときに、彼の口の中で増殖した大量のウィルスは、ヤツの肉体を破壊するよりも先に、自分たち同士で共喰いしたんだろうよ——そんなおっかないものに、そうそう近寄りたくないね」

そう言いながら、ムーロロはシーラEの身体をまさぐる。そして苦笑いを浮かべながら、

「しっかし、おまえもタフだな——手足は折れているが内臓には損傷はないよ。生命に別状はない。さすがミスタ様が、おまえなら大丈夫だと太鼓判を押していただけのことはある——」

と言った。なんだか様子が今までと違っている。余裕を感じる。

（こいつって——）

しかし、色々と考えるのが面倒になってきていた。シーラEは眼を閉じて、ふううう、と深い深い息を吐いた。

……すぐ傍らに立っている。

そして自分を見おろしている。世にもおぞましい姿が。ツギハギだらけの身体に、見開かれた血走った眼、つねに歯軋《はぎし》りしているような歪んだ口元からは、

『じゅしゅるるるるるううう……』

という不気味な呻き声が洩れている。

〈パープル・ヘイズ〉——

己の分身。自分の内面の反映。もうひとりのパンナコッタ・フーゴ。

そいつが、彼のことをじっと見つめている。

(…………)

フーゴは、そいつのことを初めてじっ、と見つめ返した。こんな眼をしていたのか、と思った。なんとなく寂しそうな眼をしていたんだな、と感じた。

それは彼自身の、どこかに置き忘れてきた気持ちなのだろう。

世界中に充満している雑菌のように、無視しても存在し続け、いくら殺菌しようとどこにでも入り込んでくる存在。

抹消したいものだが、しかしどうしても存在しているはずだという自分でも理解できない確信が形になったもの。矛盾した感情の投影。

そいつが彼を見つめて、彼もそいつを見つめ返す。

彼が何も信じられなくなっても、拠り所のすべてを無くしても、きっとそいつだけはいつまでも彼の傍らに立っているのだろう……。

「…………」

『…………』

沈黙する彼らの頭上を、小鳥が飛んでいく。

月のない闇夜に向かって飛び去っていき、そして虚空に溶け込むように消え、見えなくなる。

任務完了。

スタンド名=パープル・ヘイズ・ディストーション
本体=パンナコッタ・フーゴ(16歳)

破壊力=A	スピード=B	射程距離=C→E
持続力=E	精密動作性=E→C	成長性=B→?

能力=殺人ウィルス散布。成長し、あまりにも凶暴化したウィルスは他のウィルスをも喰い殺してしまうため、全力で攻撃するほど相手への殺傷力がなくなってウィルスの共喰いしか起こらず、手加減すればするほど確実に相手を殺せるという矛盾した性質を持つ。本体も感染すれば死ぬのに、スタンド自身にはなぜウィルスが効かないのか? それは謎である。

VIII. 'o surdato 'nnammurato 恋する兵士……………………

半年前に涙目のルカという男が死んだとき、その背景を調べろという命令がブチャラティに下されたことがあった。ルカは組織のメンバーで、自分のスコップで自分の頭を殴って死ぬという不審死だったからだ。もちろん原因は麻薬中毒による事故に決まっていたが、念のため、ということだった。

そんなつまらない仕事を、これから幹部になろうかというブチャラティにやらせることはないとフーゴは「代わりにやりましょうか」と提案したのだが、真面目なブチャラティは結局、その調査は自分でやると言った。

このことを、フーゴは後になって思い出す。何故かというと、この話には終わりがなかったからだ。どうなったのかわからない。ブチャラティがその調査をしたのかどうかも不明のままだ。その数日後にはそれまでの幹部だったポルポが獄中自殺し、ブチャラティがその代わりに昇進し、トリッシュ護衛の任務に就いていたので、そんな細かい仕事の話はどこかに行ってしまっていたのだ。

(だが——今にして思うと……)

この調査をしに行ったはずのブチャラティが帰ってきたときに、彼はそれまで一度もしたことのない少年の話をして「近いうちに仲間になるかも知れない」と言い出した。これには正直、フーゴたちはとまどいを隠せなかった。

「どういうことだよ？　そいつ何者？」

ナランチャが食ってかかるように問い質したが、ブチャラティは、別に、とはぐらかすようなことを言い、

「ただ、オレが信じてもいいと思ったヤツだ。文句があるなら別のチームへ行け」

とまで言った。これにはさすがに皆がカチンときた。アバッキオが怒りも露《あら》わに、

「おいおいおい。その言い方はねーんじゃあねーか。オレたちはあんたは信頼してるが、その見たこともねーガキの方はどーだかわかんねーんだぜ？」

と言いながら詰め寄る。これにもブチャラティはまったく動じることなく、

「オレを信じるなら、彼も信じられるはずだ」

と断言した。

「だったら、そいつを仲間にする前にぼくらで調べてみるってのはどうです？」

「その必要はない」

「ずいぶんと強引じゃあねーか、それって」

ミスタも顔をしかめて、ふん、と鼻を鳴らした。

全員が抗議しているのに、そのときのブチャラティは頑《かたく》なに、

「これは決定事項だ。変更はない」

と言って話を終わらせてしまった。あきらかに不自然で、それまでのブチャラティらしくない言動だった。

(今になって思えば——あのときにはもう、すべてが決まっていたのか)

彼は、そいつに出会っていたのだ。人生を変えてしまう選択を終えていたのだ。そう……フーゴがブチャラティと出会ったときと同じように。

なんということだろう。

ブチャラティは、その意味でチームの誰よりも遅れていたのだ。他の者たちは全員、彼と出会うことで人生が変わったのだが、ブチャラティ自身は……その少年と出会うまで、その感覚を知らなかったのだ。

いつだって頼っていた。いつだって信じていた。彼ならなんでもできると思っていた。

それなのに彼は、こんなにも簡単なことさえ、それまで知らなかったのだ。

誰かに憧れて、その人に未来を、夢を託したいという気持ちを。

＊

……死闘から一週間が過ぎた。

「ごほっ、ごほごほっ……」

フーゴの咳の音が、その薄暗いリストランテの店内に響いた。

早朝すぎて開店前であり、客は他に誰もいない。案内してくれた店員もどこかに行ってしまって、彼だけが取り残されている。

大きな窓に掛けられたカーテンの隙間から朝日が射し込んでくるが、それ以外の照明はない。点《つ》けっぱなしのラジオでは『伝統音楽の調べ』という番組をやっていて、ドニゼッティ作曲の『君をとても愛している』の甘いカンツォーネの歌声が流れている。

「ごほごほっ……ごほっ……」

リストランテに来てはいるものの、今の彼は料理が食べられない。一瞬で死滅したとはいえ、ウィルスが暴れ回った口腔内は破壊されていて、気道の皮がめくれてささくれ立っている。物を嚥下《えんか》できないので、ここ一週間は栄養を点滴でしか摂っていない。縫った腹部の傷は当然、抜糸もしていない。

そんな衰弱状態ではあったが、それでも彼は〝組織〟に呼び出された。

いよいよ処分が下されるのか。一応、与えられた指令こそ果たしたものの、その結果がどのように判定されたのか、彼には判断しようがない。誰が来るのかも知らされていない。あるいは人など来ないで、何らかの形での通達だけかも知れない。

「ごほっ、ごほっ……」

咳を止めようとするのだが、なかなかうまくいかない。口から血が流れ出たので、拭おうとハンカチを取り出そうとする。手先が震えているので、下に落としてしまう。

（ああ、いかん――）

身を屈めて拾おうとする。

そのとき――ラジオからの歌声に混じって、確かに背後のテーブルから、かちり、という音がした。皿とフォークがふれあう音だった。

視線を向けた先には、いつのまにかひとりの客がいて、料理の載った皿をフォークでつついていた。

巻き毛の金髪で、テントウムシのブローチを身につけている少年である。

知っている少年だった。いや、よくは知らない。かつて共に行動したのも三日足らずでしかなかった。

それでも、二度と忘れられないような印象を、その少年に対して持っている……光と闇が同時に存在しているような不思議なイメージを。

「…………」

ハンカチを拾いかけの、半端な姿勢のフーゴに対して、その少年はやや不満そうな表情で、

「しっかし、まいるんだよな――」

と話しかけてきた。

「――」

「ここの料理長の腕は最高なんだが、どうしてかぼくに、やたらと鴨や鶏の料理をすすめてくるんだよ。ぼくは鶏肉が苦手だっていうのに――〝この豊かな肉の風味を味わうことがないのは人生の損だ〟とか言ってね……タコのサラダは絶品なんだが」

そう言いながら、皿の上の料理をフォークでいじっている。

「この鶏とジャガイモのオーブン焼きも是非にと言われて注文もしていないのに出されたんだが、どうしたものかな……食べないと怒るんだよな、彼は」

「………」

「香りはいいんだよね。そう思わないかい。いや、君は最初から鶏は嫌いじゃあないか」

そう言われて、フーゴはハッとなった。

ついさっきまで、喉からの出血のせいで他の匂いなどまったく感じられなかったはずの彼の鼻を、オリーブオイルで炒めたニンニクとタマネギの豊かな香りがくすぐってきた。

口元に手を当てる――今の今までずっとつきまとっていたガサガサとした痛みがなくなっていた。それどころか抜け落ちていたはずの歯が元に戻っていた。

（こ、これは――）

そして、目の前で落としたハンカチが丸まっている。それを拾って、開いてみると……その中に茶色ばんだ染みの付いた糸が入っていた。

彼の腹の傷を縫っていたはずの糸だった。

全身を包んでいた、あちこちの傷の痛みがほぼ、なくなっていた。治癒してしまっていた。

（これは——この能力は……）

生命を操る。

それが少年の〈ゴールド・エクスペリエンス〉の能力である。

いつのまに、何をされたのかまったくわからなかった——実力の差がありすぎる。次元が違いすぎる……。

「………」

茫然《ぼうぜん》となりながら、視線を上げる。少年はフォークを口元に運んでいた。何度か咀嚼《そしやく》してから、かるく顔をしかめる。

「味は悪くないんだろうが……やっぱりどうにも苦手だな。幼児体験ってヤツかも知れないな。晩飯はこれ食っとけって言われて母親に渡されたのがヤキトリだけって記憶があるんだよな、ぼくは。ヤキトリってわかるかな。日本の食べ物で、主《おも》にビールのつまみに食べられている串焼きなんだ。尖《とが》った竹串に刺さっているんだぜ？　小さな子供には危ないだろう？　苦い想い出だよ。それを克服しろって言われても、なかなか難しいって——理解してもらえるかな？」

「………」

「まあ、ぼそぼそした食感が嫌っていう、単なる好みの問題もあるけどね。機械油を染み込ませたスポンジを囓《かじ》っているような気がするんだよね——」

言いながら、少年は嫌いだという料理をもぐもぐと食べている。

「ジョ……」

言いかけて、そして口ごもる。彼のことをなんと呼んでいいのかわからない。ボスと言うべきなのだろうか？

「ああ、それなんだが――ぼくのことは、これから〝ジョジョ〟って呼んでくれないか」

うなずいて、少年はそう言った。

「ボスっていうと、どうしてもディアボロと被るし、これからは色々とイメージを一新したいんだよ。簡単で言いやすいだろう？」

しかしそれは、なんだか名前で呼ぶよりも、もっと馴れ馴れしい感じになってしまう。フーゴは反応に困った。

ジョルノ・ジョヴァーナ――。

やはりこの少年は底が知れない。

「さて――フーゴ。君には色々と気になっていることがあるはずだな？」

ジョルノはフォークを置いて、口元をナプキンで拭きながら訊《たず》ねてきた。

「そしてぼくには、それに答える義務があるだろう。いいよ、質問してくれても」

「そ、それは――」

彼が言い淀《よど》んだとき、ラジオから歌声が流れてきた。さっきまでの曲はいつのまにか終わっていて、別の歌になっていた。女性の声だった。

「……え？」

どきりとした。その声には憶えがあった。初めて会ったときに『別にあなたの裸が見たいってわけではないのよ』と素っ気なく言われた、その声だった。

歌は、第一次世界大戦で戦地に赴《おもむ》いた若い兵士が故郷の恋人を想う『恋する兵士』という曲だった。少しもの悲しいのだが、どこか軽快で、マーチを思わせる力強さもある。それを若い女性の声で、生の充実を感じさせるように伸びやかに歌い上げている。

やがて歌が終わり、番組司会がゲストの彼女に質問を始める。

〝さてリスナーの皆さん、彼女をご紹介します。期待の新人、トリッシュ・ウナです〟

〝おはようございます皆さん。トリッシュです〟

〝やあトリッシュちゃん。この前のイベント出演に続いて、今度はＣＤデビューが決まったそうだね？〟

〝皆さんの応援のおかげです〟

〝トリッシュちゃんは昔からお母さんと一緒にステージには立っていたんだよね？〟

〝ええ。その母が亡くなってから、少し落ち込んじゃって……でも、今は大丈夫です〟

〝一時は行方不明になっていたそうじゃないか。旅をしていたらしいよ〟

〝ほんとうにごめんなさい。旅をしていたんです。関係者が顔を青くしていたらしいよ〟

回ってて〟

〝悩んでいたんだね〟

〝ええ。ですが友だちのおかげで立ち直れました〟

〝友情に感謝ってわけだね？〟

〝ほんとうにそうです。かけがえのない人たちです。一生かかっても返せない恩をもらったと思っています〟

〝なるほど、そんな健気《けなげ》な彼女を皆さんも応援してあげてください。それじゃ次の曲〟

ラジオからはまた別の曲が流れ出した。それはもうフーゴの耳にロクに入ってこなかった。

「…………」

絶句している彼に、ジョルノがテーブルに置いてある水差しを手にして、自分のグラスに注ぎながら言う。

「君は——ヴェネツィアで確か〝オレたちは彼女がどんな音楽が好みかも知らない〟と言っていたが——これでわかったようだな」

グラスを口元で傾けて、一口飲んで、そしてまたテーブルに置く。

「いや別に〝組織〟が横槍を入れたわけじゃあないよ？　そういうのはもうやめているからね。デビューは彼女の実力だよ」

ジョルノのとぼけたような言い方に、フーゴは彼の方へ首を向ける。しかし視線は下を向いたままで、とても眼を合わせることなどできない。

「……あ、あの——」

「ん？」

「——どうして、ぼくだったんですか？」

「——」

「重大な任務だったはずです。シーラEやムーロロはさておき、ぼくをわざわざ派遣する必要があったのでしょうか？　その……」

フーゴは少し言い淀んだが、それでも言う。

「……ぼくのような、信頼できない裏切り者に？」

「………」

ジョルノはグラスを手に取り、一口飲んでから、

「君の良くないところは〝そこ〟だよ」

と言った。フーゴが身を固くすると、うなずいて、

「君自身はそう思っていないはずだ。裏切ったとは思えないんじゃあないのか。むしろブチャラティの方が自分を裏切ったような気がしているはずだ。違うかい」

「………」

「君は〝裏切った〟とぼくらが思っているだろうという計算をして、先回りしてそういうこと

を言っている——心にもないくせに」

「………」

「あのときもそうだった——ギャングの社会的にはこういうのが当然、みたいなことしか言わなかった。君の気持ちはどこにもなかった。世間常識に倣《なら》っていただけだ。しかし」

ジョルノが自分を直視している、その視線を痛いほどに感じる。

「実のところ、君はその世間常識というものが大ッ嫌いなはずだ。そうでなければ、そもそもの最初で、教師を百科事典で殴らなかったよ。君が信じているものを他人が信じてくれないことに、つねに心の片隅で怒っている——だからどうでもいいところで、いきなりキレる。それが君だよ」

「………」

フーゴは、気がついたらがたがた震えだしていた。全身の皮膚に氷を直接当てられているような気がした。そんな彼にジョルノは静かに続ける。

「ノトーリアス・B・I・G、という敵がいた。君がチームを離脱した後で遭遇した相手だったから君は知らないだろうが——そいつは特別だった」

彼は腕を組んで、少し悩むような仕草をする。

「本体が死んだ後で、真の能力が発現するという強敵だった。殺されたという怨念のパワーで動くので、もう思考する人間自身はいらないという仕組みだったらしい。亡霊なので不死身で、すべての攻撃が通用しない恐るべき相手だった――そいつと遭遇した後で、ぼくは少し考えた。これはどこかで見たことがある、と」

「…………」

「そう――君の〈パープル・ヘイズ〉だよ。怨念で動いているところが君の能力と共通している。しかも君の〝ウィルス〟は、君自身さえも殺してしまう――君の意思は関係ない。君がこの能力に目覚めたときに死ななかったのは実に運が良かった。ふつうならばとっくに死んでいたはずだな？」

「…………」

「君はさっき、自分でなくても良かったのではないかと言ったが――それは話が逆なんだよ。まず、君の問題があって、他のことはその次に来るんだ。君こそ最優先事項だったんだ」

「…………」

「君を始末するのは簡単だった。だが、もしも君を殺しても〈パープル・ヘイズ〉が死ななかったとしたら――その能力だけが世界を蹂躙《じゅうりん》したら、これに我々は対抗手段がない。世界は滅亡するだろう」

恐るべき内容のことを、茫然としているフーゴに向かって誇張もなく、淡々と語る。

「どうにかできるのはたった一人しかいなかった。そう――君だ。パンナコッタ・フーゴ。君だけがこの脅威に対抗できる手段だった。君の能力をどうにかできるのは、結局のところ君だけなんだ」

「…………」

「君が自分の〝ウィルス〟への嫌悪と恐怖を克服できるか。そこにすべてが賭けられていた。強制はできない。あくまでも君に自ら、主体的に決断してもらわなければならなかった——君にそれができるか、ぼくが悩んだところはそこだけだった。しかし、それもほとんど必要はなかったよ」

「……え？」

フーゴは思わず顔を上げた。そこにジョルノは、

「ぼくは君のことをあまり知らなかったから、判断できる立場にはなかったが——ブチャラティは君を信じていた。そしてぼくは、そういうブチャラティを信じていた。だから……悩む必要はなかった」

まっすぐに見つめてくる。フーゴはその視線から眼を逸らすことができない。

「ぼ、ぼくは——」

「そしてもうひとつ、ぼくが気にしていたのはシーラEのことだった。彼女と行動を共にした君ならわかったと思うが……あの娘はどうにも、自己を罰したがる面がある。わざと危険なことを選びたがり、正義のために犠牲になろうとする傾向がある。だがそれは真の覚悟ではない。彼女はもう少し〝後退する勇気〟を持たなければならない。慎重な君と一緒に行動することで、

彼女にそのことを学んで欲しかったんだ。それができたかどうかは、これからのことになるだろうね」

「〝勇気〟……」

その言葉を、コカキにも言われたことを想いだした。あの老人はこう言っていた——。


『君は何も知らないんだ、フーゴ君。君がわかっていると思っていることは、すべて表面的な、薄っぺらな浅知恵にすぎぬ——君は勇気を知らない。人が己を捨てて生きるときの力強さを、なにもわかっちゃあいないのだ。勇気を知らないという点で君は、賢い人間の血を吸おうと噛みついて叩き潰されるノミにも等しい——』


その通りだと思った。自分はまだ、何も知らないのだ。その彼の表情を見て、ジョルノはうなずいた。

「それはおそらく、あらゆる人間に共通する人生の目的だ。自分にとっての勇気がなんなのか知ること——それを一生かかって探っていくのが、すべての人に科せられた宿命なんだ。それは扉のようなもので、自分で開けない限り、決して道とは気づけない——君は今、その扉の前に立っている。そこまでは辿り着いた。後は——君次第だ」

「ぼくの……」

「そうそう——君に返しておく物があったんだ。テーブルの上を見てくれ」

ジョルノが指差すと、そこには封筒がいつのまにか置かれていた。開けてみると、一枚の写真が出てきた。

はっ、となる——それは港で、ヨットのラグーン号の前に並んで撮った記念写真だった。チームのみんなが、陽光を浴びて立っている写真。フーゴは中途半端な表情で、ブチャラティは少し困惑したような顔で、ミスタとナランチャは大笑いしていて、アバッキオは仏頂面《ぶっちょうづら》をしている。あのときの、希望に満ちていた彼らの様子を切り取った光景が写っている——。

「………」

写真を見つめているフーゴの身体が、ふたたび小刻みに震え始めた。持っていられなくなり、テーブルの上に落としてしまう。そこにジョルノが声を掛ける。

「どうだろう、パンナコッタ・フーゴ——あらためて君の、その力と才能をぼくに貸してくれないか？　ぼくには夢がある。そのためには仲間が必要なんだ」

そう言って、ジョルノは手を差し伸べてきた。

それを摑《つか》めば、あらゆる罪が許されそうな、そういう希望の象徴のような手だった。

「ぼくは……」

フーゴの身体は、がくがくと震え続けている。

これは三度目の選択だった。最初のときに、彼はそれについていき、二度目では離脱し、そして今は……

（今は――）

彼は黙り込んでしまう。しばらく沈黙が続く。そしてうなだれてしまった彼の前方に、ぽたぽたと雫《しずく》が垂れ落ちる。

彼は泣いていた。

両眼から、後から後から涙が出てくる。

行けなかった。

前に進めない。

一歩を踏み出すことが、どうしてもできない――。

「――うううううう……ッ……！」

泣いている彼に、ジョルノが、

「どうかしたのかい」

と優しく訊ねる。フーゴは顔を上げられない。

「い、いえ――ただ……ただ、どうしてここにいるのが、ブチャラティではなくて、ぼくなのだろう……と思ったんです。どうして、あなたに忠誠を誓うのが彼ではなく、ぼくなのだろう、と……」

ああ――ほんとうに、もしもそうだったら、どんなに楽だろうか？

　ブチャラティがジョルノに忠誠を誓い、そして自分たちがそれを後ろから見ていられたら、どんなに楽だったろうか？

　きっと仲間たちは、口々に色々なことを言うだろう。その声がフーゴには聞こえる気がした。

「え？　これってどーなんの？　ジョルノって歳下じゃん！　あー、でもブチャラティはオレよりも歳上だから……あー、もうメンドクセーや！　なんでもいいや！」

「なんか少しばかりムカつく気もするけどよォー。ま、ブチャラティがそれで良いって言うなら、オレはついていくだけだぜ。文句を言うヤツはボコボコにブン殴ってやる」

「言っとくが、どーなってもオレの席順を四番目にだけはすんなよッ」

　彼らはそう言って、いつものように笑っているのだろう。その姿がフーゴには生々しく感じられた。それは薄っぺらな自分などよりも、遥かに重みのある存在のように思えた。

　その彼らではなく、自分だけがここにいることが、どうしても受け入れられないのだった。

「うううううう……！」

　涙がとまらない。何故なのだろう。どうして自分は、今頃になって泣いているのだろう。今、泣くのならば、どうしてあのときに行けなかったのだろう。後悔という言葉ではとても足りない。あまりにも大きなものが過ぎ去ってしまって、もはや二度と戻らない——。

そんな彼の前に、いつのまにかジョルノが立っている。

その影がフーゴにかかる。顔を上げる。ジョルノは彼を正面から見つめながら、

「半歩だ」

と言った。

「君が一歩を踏み出せないと言うのなら、ぼくの方から――半歩だけ近づこう」

「…………」

「すべては君の決断にかかっているが、それでも悲しみが君の脚を重くするのならば、ぼくもそれを共に背負っていこう」

「…………」

フーゴは、今こそ理解した、と思った。どうしてブチャラティが、この少年のために生命まで捧げたのか、その理由を頭ではなく心で実感したと思った。

「ジョ……」

脚ががくがくと震えて、ほとんど転びそうになりながら、それでもフーゴは身体を前に出した。膝をついてしまったが、それでも彼は差し出されているジョルノの手にしがみついた。

ジョルノはそんな彼に、静かに語りかける。

「去っていった者たちから受け継いだものは、さらに先に進めなければならない。それがぼくらの責任だ。神《ディオ》のように気に入らぬものを破壊するのではなく、星《スター》のようなわずかな光明でも、

それを頼りに苦難を歩んでいかなければならないんだ」

「――――」

もうフーゴは震えていなかった。彼は、自分の摑んでいる掌《てのひら》にゆっくりと顔を近づけて、そこに口づけして、

「――ぼくに生命がある限り、その存在はすべてあなたの夢のためにあります。身も心も魂も、何もかもを捧げることをお許しください。それが我が希望であり、それが我が未来です」

そして凛然《りんぜん》とした表情で、まっすぐに誓う。

「ぼくはあなたのものです。我等が〝ジョジョ〟――」

カーテンの隙間から朝日が射し込んでくる中、人々に生活の始まりを告げる鐘の音が響いてきた。

"Purple Haze Feedback" closed.

pista di bonus. The Mourning

トリッシュ、花を手向ける……………………………………

『悪い冗談みたいな人生ばかりで、
だが君も私も
それを生き延びてきたはずで、
だから——これが運命なんて
割り切ってやるものか』

——ボブ・ディラン〈見張り塔からずっと〉

トリッシュ・ウナは町並みと海が一望できる、小高い丘の上に立っていた。

さわさわと風がそよいでいる。

彼女は墓石の前に立っている。その墓標は決して大きくなく、品の良い程度のささやかな装飾が入っている。その横にはもうひとつの墓石があるが、そっちはかなり簡素で、控えめな印象がある。

「………」

並んでいる二つの墓石には、それぞれ死者の名前が刻まれている。

ひとつはブローノ・ブチャラティ。そしてもうひとつは、彼の父親の名前である。父の方が簡素なものなのは、これを建てたときにその息子にそれほど金がなかったからだ。息子はいつかもっと立派な墓石にする、と言っていたらしいが、本人がそれよりも先に逝《い》ってしまった。

彼が埋葬されるときに父の墓も建て直そうかという話も少し出たのだが、父親の漁師仲間で友人だった人が、

「いや、あいつはきっとそれを望まない。息子が建ててくれた墓のままで静かに眠りたいと願っているよ」

と進言したので、そのままになっている。

ここを訪れた者は、その落ち着いた佇《たたず》まいに心が安らぐことはあっても……想像もできないだろう。ここに眠っているブローノ・ブチャラティが秘密結社〈パッショーネ〉の元幹部で、現在急速な勢いで成長しているその組織の礎《いしずえ》を築いた暗黒社会のキーパーソン——最重要人物だったことなど。

大勢の人間に殺されそうになり、時には殺したりもしてきたその人生の血腥《ちなまぐさ》さに反して、墓はあくまでも質素で、無駄な華美さや歪んだ顕示欲は欠片《かけら》も見られない。

「…………」

トリッシュがこの墓の前に来るのは、これが初めてだった。彼が埋葬されたときには立ち会わなかった。それを巻き毛で金髪の少年に止められたからだ。もう来ない方がいい、と。

それでも今日は、とうとう来てしまった——。

彼女は持参してきた白い花を一輪、墓の前に置いた。何を持ってこようかと悩んだが、結局チューリップにした。

（どうしようかと思ったんだけどね——ほら、あなたの髪型って、チューリップみたいだったから。ジョークとしては二流だけど、なんとなく——ね）

少しくすくす、と笑う。

今日、ここに来たのはたまたまこの町に立ち寄る用事があったからだ。母が死んでから中断していた歌手活動を再開させるに当たって、その営業のひとつとしてこの町のラジオ局に出演した帰りだった。すぐに会社の方に戻らなければならないのだが、マネージャーに無理を言って、この墓参りの時間を作ったのである。

「意外と大変なのよ、ブチャラティ――私もこれで、色々と忙しいんだからね。あなたたちに言われるままに連れ回されていた頃とは違うんだから――」

そう呟《つぶや》いて、ふう、とため息をついた。あの焦燥と恐怖と勇気に彩《いろど》られた嵐のような日々は、もはや遠くに過ぎ去ってしまった。今ではなにか夢の中の出来事のように思える。しかし夢ではなく、ブチャラティは現実として、墓の下に眠っているのである。

（そう、現実――）

彼女が眼を閉じて、少し上を向いて、沈黙の中に立ちすくんでいると――背後からおそるおそる、という調子で声が掛けられた。

「あの――もしかして、あなたは……ブローノのお知り合いかしら？」

声に振り向くと、そこには身なりの良い婦人がひとり立っていた。顔にはほとんど皺《しわ》がなく、まだ若い女性の部類に入りそうな綺麗な人だったが、その表情にはどこか翳《かげ》りがあった。

「――」

トリッシュは少し、息を呑《の》んだ。一目でわかった。そっくりだった。彼はこの血筋を受け継いでいたのだ、というのが明白だった。

「ブチャラティの、お母様ですか――?」

そう問われて、婦人はお辞儀をしながらうなずいた。

「はい。ですが、あの子とは最近はほとんど会う機会がなくて……知らせを受けたときには、もうお葬式で。あなたもあのときにいらしていたかしら?」

「いや、私は――」

彼女は首を横に振った。薄情な女だ、と責められても仕方ないと思ったが、母親はトリッシュを見つめてきて、

「……もしかして、あなたはご存じなのかしら――あの子がどうやって最期を迎えたのかを。〝そのとき〟に〝そこ〟にいたんじゃあないですか?」

と言ってきた。ずばり言い当てられた。トリッシュは二の句が継げずに、無言になってしまう。

その脳裏に〝あのとき〟の光景が蘇《よみがえ》ってくる――。

＊

「お、おい――ブチャラティ……?」

ミスタが震える声で呼びかけるが、石畳《いしだたみ》の上に横たわっている男はまったくの無反応だった。瞼《まぶた》が開いたままで、その眼差《まなざ》しはもはや何も見ていない。

ブチャラティは、どう見ても死んでいた。

場所はローマのコロッセオ――そこは死闘の果てに、彼らが宿敵ディアボロを遂に倒すことができた、その決戦の地だった。

まだ周囲にはざわめきが広がっている。戦いの余波に都市全体が巻き込まれた混乱が収まっていないのだ。

その騒動の中で、その一角だけが切り取られたように、奇妙な静寂が落ちている……。

「な、なんだよブチャラティ――ふざけてんのか？　いい加減にしろよ――おいってば」

ミスタが死体を揺さぶっているが、応答は当然ない。

「あ……」

トリッシュは茫然《ぼうぜん》として、その様子を見つめている。彼女にも信じられない。どうして確かにまだ無事だったはずのブチャラティが、ここで死んでしまっているのか……しかもその状態は死んですぐというよりも、なんだか――。

彼女がぼんやりとそこまで考えたところで、ぱきぽきっ、という嫌な音が周囲に響いた。ミスタが揺さぶっていた死体の骨が砕ける音だった。びくっ、と彼は思わず身を引いたが、しかし骨が折れようと死体は何も言い返しては来ない。

ここでやっと、この場にいた三人めの人物、その胸に亀を抱えている少年が口を開いた。

「やめろ、ミスタ――彼が死んだのはかなり前のことだ。今さら生き返ったりはしない」

静かな声が周囲に染み入るように響いた。

「なに……？」

ミスタが少年の方を向く。彼はうなずく。

「君も、もう悟っていたはずだ——ブチャラティは我々が最初にディアボロに遭遇したときに、既に落命していた。彼は今の今まで、死体のままで動いていたんだ。それが能力のせいなのか、彼の執念が生み出した奇蹟だったのか、確かめることはできないが——ブチャラティは自分が助からないことを知りながら戦っていて、その限界はとうに過ぎてしまったんだよ。彼は戻らない」

淡々と、整然と、それは一切の疑念が挟まる余地のない言葉だった。

「——ッ！」

ミスタが瞬間的に動いた。地面を蹴って、間合いを取って、有利なポジションに飛び込んで——そして拳銃をかまえて、狙いをつけた。

少年の額のど真ん中に。

「——」

銃口を向けられても、彼はまったく動じる様子がない。その手に抱えている亀を放して身軽になろうともせず、ただ立っている。

「どういうことだ……？」

ミスタが震える声で、少年に問いかける。彼はやはり、あくまでも静かに、

「だから、君はもう悟っていたはずだ。不思議に思うことは何もない」

と言う。ミスタは顔を引きつらせて、

「ふざけんじゃあねーッ！　説明しろッ！　納得のいく説明をッ！」

と怒鳴った。しかし少年は応えないで、無言で相手を見つめ返すだけだ。

じりじりとした濃密な気配が両者の間で煮詰まっていく。それは炎のように熱いのに、同時に氷のように冷たい空気だった。

「あ、ああ……？」

トリッシュはその緊迫の中で、動けない。誰か止めて――と思ってブチャラティに眼を向けるが、しかし無論、その死体はもう何も言ってくれない。

何をしているのよ、と心の中で呼びかける。私たちをこの場所に連れてきたのはあなたでしょう。そのあなたがどうして、今、ここで何も言ってくれないのよ――そう喚《わめ》き散らしたかった。

しかし死体は動かず、ミスタは少年に殺気を漲《みなぎ》らせながら銃口を向け続ける。

「テメー……まさか、最初からすべて知っていたのか――？　ブチャラティをそそのかして、ボスを裏切らせて……」

ミスタの震える声に、少年は極めて明瞭な声で、

で刻まれる。

「そうだ」

と断言した。ミスタの眉間《みけん》の皺《しわ》がぎりぎりと音を立てるのではないかと思われるほどの深さ
「ぐ、ぐぐぐ――」

「そして、君はもうわかっている――導いたのはぼくだが、それはブチャラティ自身が望んで決断しただけだと。彼は誰かに背中を押してもらうことを望んでいて、ぼくはただ、その手助けをしただけだと――君は知っている。ブチャラティがそういう人間だったということを。決して他人に強制されて、信念を曲げることを良しとはしない男だったということを」

少年には迷いがまったくない。ミスタはがたがたと大きく全身を震わせているが、しかし――身に染みついた習性で、拳銃だけは微動だにしない。彼はどんなに心が乱れていても、狙った的を決して外さない最強の拳銃使いだった。

「テ、テメーは……何様のつもりなんだッ！」

ミスタが叫ぶと、彼は相手の眼を正面から見つめ返しつつ、言う。

「このジョルノ・ジョバァーナには夢がある」

それは彼の口癖、これまでの激しい戦いの中で何度も聞いたことのある言葉だった。そして諭《さと》すように、

「君には今、二つの道がある――」

と言い、続いて唐突に、

「ミスタ、君はやはり――〝四〟が嫌いか？」

と訊《き》いてきた。

「あ？　――何の話だ？」

訝《いぶか》しげに眉をひそめたミスタに、少年はさらに言う。

「今――君がぼくを撃てば、それは〝四番め〟になるが、それでもいいか」

ミスタの唇の端が、びくっ、と痙攣《けいれん》した。少年が何を言っているのか理解したのだ。

彼らのチームの仲間たち――犠牲になっていった者たち。

レオーネ・アバッキオ。

ナランチャ・ギルガ。

ブローノ・ブチャラティ。

既に三人の者たちが死んでいる。ここでジョルノが殺されれば、それは確かに〝四番めの犠牲者〟ということになる……。

「そ、そんな……そんなものは」

ミスタは冷汗をだらだら流しながら、奥歯をかたかたと鳴らし始めた。

「そんなものは――ただのこじつけだろうが……ッ！」

ミスタが声を絞り出して怒鳴ると、少年はうなずいた。

「その通りだ。ミスタ——君のこだわりは君のものであって、ぼくには関係ない。問題になるのは君だけだ。決断するのは君だ」

「う……」

「君には今、選ぶべき二つの道がある……ひとつは仲間たちを死に追いやった憎むべき黒幕を倒して、これまでのすべてを精算すること。それはそれで意味があることだろう。それに〝四番め〟の呪縛《じゅばく》に縛られる窮屈《きゅうくつ》な人生からの解放にもつながる」

「………」

「そしてもうひとつは——そのこだわりとこれからも共に生きていくという道。君のその習慣には意味があり、今、まさにこのときに引き金を引かないことを暗示していたのだと——そう考える道。君がこれからも〝四番め〟を避け続ける人生を選ぶというのなら、ぼくは君がそういう立場に立たされたとき、迷うことなく君の代わりにその〝四番め〟を選択しよう。それがぼくの〝責任〟のひとつだ」

「これから——」

ミスタの喉が、ぐびびっ、と奇妙な音を立てて鳴った。唾《つば》を飲み込んだ。

「これから——どうする気だ、おまえは」

「それもう、君は知っている」

少年の言葉に、ミスタは一瞬激しい怒りを顔に出して、拳銃をかまえ直して、そして——引き金を引いた。

銃声が轟《とどろ》いた。

（…………ッ！）

トリッシュは思わず眼を閉じ耳を塞《ふさ》ぎ、その場にしゃがみ込んでしまった。

銃声の反響が、コロッセオの広い空間の中に溶け込んでいく――静まり返る。

トリッシュがおそるおそる眼を開けると――ミスタの姿が見えた。銃口から煙が立っている。

それが向いている先で、着弾点からも煙が立っている。

石畳に穴が空いている――その前に、亀を抱えた少年が立っている。穴は三つ――それを確認して、少年は穏やかな微笑みを浮かべる。

「やはり〝四発〟は撃たないか」

「ふんッ、このミスタ様を侮《あなど》るんじゃあねーよ。オレのこだわりは宇宙の真理だぜッ。そいつを変えることはどんなヤツにもできやしねーのさッ。だから――もしもテメーがブチャラティ・チームの一員であることを捨てたとき、その〝四番め〟であることを放棄《ほうき》したのなら、その瞬間にオレの銃弾はテメーの脳天を正確にぶち抜くからな」

ミスタはくるくる、と手の中で拳銃を回して、収納した。

少年は亀を小脇に抱えつつ、ゆっくりと歩いてきて、ブチャラティの死体の側に跪《ひざまず》いた。

手を伸ばして、その蒼白の顔をそっ、と撫《な》でる。

真摯《しんし》に、囁《ささや》くように遺体に語りかける。

「最初に会ったとき、君に頬を舐められたな、ブチャラティ——ぼくの嘘を見抜かれた。しかし、もう嘘はつかない。君の魂に懸《か》けて、それを誓う」

その隣りにミスタも立っている。正にこの瞬間、この乱れ切って汚れ切って歪み切った古色蒼然たる世界の中に、まったく新しい輝きを放つ新生〈パッショーネ〉が誕生したのだった。

「——」

その光景をぼんやりと見届けていたトリッシュに、少年は顔を上げて、視線を向けてきて、そして言った。

「君はここまでだ、トリッシュ・ウナ」

それは宣告だった。

＊

……今でも、はっきりと覚えている。脳裏に刻まれている。

ブチャラティが石畳《いしだたみ》の上で動かなくなっていた、あのときの姿を。

しかしあれは正確には彼が死んだときの姿ではない。とっくの昔に死んでいた者がその本性を露《あら》わにしただけだった。彼女にとってブチャラティは生命《いのち》の恩人であり、迷いなく正確に運命を切り開いていった勇気の象徴であり、闇の中で懸命に追いかけてきた光輝そのものだった。

　だが、その彼は既に死んでいたのだ。

　彼女が頼りにして、彼女が支えとしてきて、彼女が後をついていこうとしていたその道は、実は最初から終わっていた……彼女が救われていたときには、彼はもう〝用済み〟のラベルを貼られてあの世に配送された後だった。

　そのことを——どう伝えればいいのだろうか。

　どう表現すれば、彼の母親に息子の運命を教えることができるのだろう？

「私は——」

　トリッシュが言葉に詰まっていると、ブチャラティの母親は、ふう、と息を吐いて、

「あの子——私を恨んでいたんでしょうか」

　と言った。それは質問というよりも、独り言の嘆きに近かった。

「私たちが離婚したときに、あの子は私ではなく、父親の方を選びました——正直、少し今でもそれが恨めしいところがあります。あの子はどうして、わざわざ辛い道ばかりを選んでいったのかしら……？　誰を恨めばいいのかしら？　私が悪かったんでしょうか——？」

　彼女はうなだれて、肩を震わせていた。トリッシュは胸の奥からこみあげてくるやりきれない想いに身が竦《すく》みそうになりながらも、彼女の方に歩み寄っていき、そしてその背中にそっ、と手を添えて、

「あの人は——誰も恨んでいませんでした。それは確かです」

と言った。

「でも――」

「私は、実の親との間に深刻なトラブルがあって、それを彼に助けてもらいました……そのときに彼は言っていました。私が親のことを好きになれるのか、不安に思っていることを伝えると――彼は迷うことなく即座に〝そんなことを心配する親子はいない〟と言ってくれました……彼がご両親のことを一切、悪く思っていなかったのは間違いありません」

トリッシュは、自分でも戸惑うくらいに落ち着いた口調で話していた。なんでそんなに偉そうに言えるのか。そもそも彼女は他の者たちから〝自分勝手なわがまま娘〟と思われるような人間ではなかったのか。自分のことを守ってくれたブチャラティたちの方がおかしくて、彼女を見捨てたフーゴの方がある意味で正しかったのではないだろうか。そう、アバッキオやナランチャもまた、トリッシュのせいで死んでしまったともいえるのだから。

そんなヤツだというのに、どうして自分はこんなにも堂々と、息子を亡くした母に向かって断言できるのか。

（私は――）

トリッシュが心の中で奇妙な葛藤にとらわれていると、ブチャラティの母は顔を上げて、少し不思議そうな顔で、

「あなたは――なにか似てるわ……」

「え？」

「私が、離婚を告げたときのあの子の顔――あのときと同じような眼をしている……どうして？」

そう訊《き》いてきた。トリッシュは無論、そのときの様子など知りようがないはずだったが、しかし――何故か彼女の脳裏には幼いブチャラティの姿が見えたように思った。

「それは、きっと――」

トリッシュは頭をかすかに振って、そして言う。

「私が、彼の真似をしているから、でしょう――同じなんじゃなくて、同じになりたいって思っていたからです」

「あなたは……ブローノが幸せだったと思いますか？」

息子を想う母のすがるような問いかけに、今度はトリッシュはなんの葛藤もいらなかった。

「彼は、きっとなんの後悔もなく、思い残すこともなく、仲間に遺志を伝えて亡くなった――と信じています。私は――残念ながら、その輪には入れてもらえませんでしたけれど」

寂しげに微笑む。

そう――ブチャラティには悔恨はなく、ミスタたちには後ろを振り返っている余裕はなく、しかしトリッシュは、彼女の心だけはどこかあのコロッセオに取り残されたまま、宙ぶらりんで生きている……。

「あなたは……」

ブチャラティの母は、トリッシュのことをまじまじと見つめてきて、

「ブローノのことを、どう思っていたんでしょうか？」

と核心をついた問いかけをしてきたが、これにもトリッシュは逡巡《しゅんじゅん》することなく、

「彼は——ひどい人でした」

と即答していた。

「私を絶望から救い出してくれた癖《くせ》に、生きる希望を持ってもいいと思ったのに、結局——放り出されてしまいました」

苦笑気味に言うと、彼の母は少し無言だったが、やがて同じように微笑んで、

「そうね——私にとっても、そういう子でした。彼はとっても頭が良くて、なんにでもなれそうだって、私に夢を見させてくれた癖に、母親じゃなくて父親を選んで——私を捨てていってしまいました。ひどい子です——」

「ほんと、ひどいですよね——」

二人は同じように笑みを浮かべて、同じように身体を震わせて、そして——同じように、両眼一杯に涙を溜めていた。

（ジョルノ、あなたには夢があるのでしょう。すべてを受けとめて、悲しみさえも力にするのでしょう。でも私は——私たちは、そんなにまっすぐ生きられない——）

トリッシュは空を振り仰いだ。雲がかなりの速さで空を流れていく。

「まったく、ひどい話です――」

トリッシュが呟《つぶや》いたとき、墓標の前に置かれた白いチューリップが風にあおられて滑っていき、瑞々《みずみず》しい芝生の上に落ちた。

"The Mourning" closed.

いつも君が泣いて叫んでいるのは
ちっぽけな世界に縛られてるから
だが無念を歌に変えられるならば
その涙は黄金より輝くことだろう

——あるギター殉教者の詞藻より

あとがき——青く蓋をされたような空の下で

シチリアを舞台にした映画には名作が多く、それらの作品はジャンルもテーマもばらばらなのだが、なんというか奇妙な共通点があるように思う。かの高名な『ゴッドファーザー』シリーズや『ニュー・シネマ・パラダイス』そして『グラン・ブルー』など、製作した国さえも米、伊、仏と別々なのに、似たような感触が根底に——いや頭上にある。シチリアの空が同じなのである。ただの空であり、別に世界中どこでも空は同じだろうと思うのだが、それでもその深い青が濃い空は、独特の重さを持って我々にのし掛かってくるように感じる。

晴れ渡った空というのは、ふつうはどこまでも飛んで行けそうな開放感の象徴みたいなものであるはずなのだが、シチリアの空というのは何故かその逆で、その空があるから人々はどこにも行けない、みたいな抑圧がある気がする。だから映画の中でもせっかく晴天なのに、敵ギャングの追っ手から隠れるために籠もったり、映画館の暗闇に一日中いたり、海の底へ延々と潜り続けたりするばかりで、大空に向かって素直な気持ちを解き放つみたいなシーンがほとんどない。そのくせシチリアの空はその真っ青に塗りつぶしたような存在感を濃厚に主張する迫力でせまってくるのだ。それは数々の侵略者に弾圧されてきた長い歴史から来る土地柄によるものか、あるいはもっとシンプルに、あまりにも美しすぎる風景は人を落ち着かない気持ちにさせて、うっとりするよりも不安にさせてしまうということかも知れない。その圧倒的な青にすくんでしまって、色々とためらってしまって結局、何もできないというような。

美しいことの前ですくんでしまうように、正しいことの前でも人は足を進めることをためらう。絶対的に正しくて美しい真実に近寄るのは怖い。文句のつけようがない正しさというのは人を威圧する。たとえば私は大学受験に失敗して一年浪人しているのだが、そのときには当然、勉強することが圧倒的に正しいことのはずである。しかし私はそのときにひたすらぼけーっとしていた。勉強したくない、という明確な意思があるわけでもないのに、なぜかそっちへ進むことにためらいがあった。といって呑気だったわけでもなく、心の中ではひたすらにびくびくしていた。じゃあ真面目にやれよ、という話だったのだが、それがどうしてもできずに中途半端な状態で日々を過ごしていた。そんなときに私の救いになっていたのは立ち読みしていた週刊少年誌で、そこで悪役が「人間ってのは能力に限界があるなあ」「策を弄すれば弄するほど予期せぬ事態で策が崩れ去る」「人間を超えるものにならねばな」とか言っているマンガに胸の奥を鷲掴みにされるような恐ろしさと陶酔を感じていた。もちろんマンガの中ではその後「おれは人間をやめるぞ。人間を超越するッ！」と言って大殺戮が始まるのだが、自分は当然、人間をやめることも超越することもできずにその場でぽつん、と孤独に立ち読みを続けるだけであり、悪に立ち向かう勇気もなく、ただ圧倒されてぼーっとしているだけであった。正しくて美しいものを前にしても、自分のやるべきことに向かって前進する力をそのままもらえたわけではなかった。能力に限界があり、それをどうにもできなかった。

人生の岐路――そういうものがあるとして、そのときに人は正しい方に一歩を踏み出せるものだろうか？　たいていの場合はその場のなんとなくの空気に流されて、採るべきではなかった選択肢の方を選んでしまうのではないのか。シチリアの歴史にはしばしばその手のことがあり、支配者側と民衆の間で何度も何度も不幸な衝突が起きている。無抵抗の者をなぶり殺しにしているとき、彼らの脳裏にあったものはなんだったのか。予期せぬ事態に心が崩れ去ったときに、彼らは人間であることをやめてしまったのか。しかし結局その先には何もなく、荒廃した人心につけ込む邪悪なマフィアの台頭を為す術もなく見送るしかない殺伐とした世界を招くだけだった。あのときに正しい道を選んでさえいれば、という後悔をいくらしても足りないが、やり直しをする間もなく時間は過ぎていく。そう、そこに様々な問題の出発点がある。すくんでしまった人は前向きな一歩を踏み出すことができないが、しかし時間の流れを停めることは誰にもできないので、同じ場所に留まり続けることもできない。進まないということは、すなわちどこかに流されてしまうということなのだ。おそらく、一歩を踏み出したときよりももっと不本意なところに行き着いてしまうだろう。

どうして我々は正しい道を前にしたときにひるんでしまうのだろうか。悪にそれほど惹かれているわけでもないはずなのに、気がついたら惰性でロクでもないことばかりしてしまっているのが、人生である。そもそも正しい道がどれなのか、それがはっきりとわかる人間などいない。迷ったあげくに間違えるからみんな困っているのだ。シチリアには〝オメルタ〟と呼ばれる独特な考え方があるという。とても複雑、かつ難解なので余所者には理解が難しいのだが、端的に言うと〝仲間のために沈黙を守る〟ことこそ至上の価値があるという考え方らしい。あまりにも多種多様な敵どもに翻弄されたために、密告こそが最も許されないことになったのだろう。あるいはその中にこそ、我々が採るべき道へのヒントがあるのかも知れない。あれこれと色々なことに手を出しては失敗するよりも、これと決めた信念を心に秘めて、世の中に溢れ返っている無責任な他人たちにどんなことを言われてもそれに対して沈黙し、魂の奥にある輝きを守り抜く——そうして初めて、あまりにも美しく澄み渡る青空にもまっすぐに顔を向けて、ささやかながらも一歩めを踏み出すことができるようになるのではないか。そう、一番信用してはならないのは「あいつには絶対言うなよ。あいつはすぐ秘密を漏らすヤツだからな」などとわざわざ囁いてくるような輩の方なのだから。いったい何の話なのかすっかり漠然としてしまっているが、もはや能力の限界なのでここで沈黙することにします。

それと蛇足ながら――『ベニスの商人』とか『ベニスに死す』とかいう邦題は許せん、ちゃんと『ヴェネツィアに死す』と呼べって怒る人がいますが、シチリアの地名に関して本作では結構、日本語表記として収まりがいいものばかり選んでしまったことをお詫びします。シラクサとかはスィラクーズァと書いた方が原音に近いらしいんですが、どうせ日本語の発音だとどっちも変だろうし。悪いねアイスマン。でも君のスタンド名も相当に変だぜ。以上。

（屈折せずに素直にジョジョについて書けば？）
（まあいいじゃん。こーゆーもんです、ハイ）

BGM "QUELLO CHE CONTA" by MIKE PATTON

〈参考文献〉
講談社学術文庫『シチリア・マフィアの世界』藤澤房俊 著
白水uブックス『シチリア歴史紀行』小森谷慶子 著
山川出版社『新版世界各国史15イタリア史』北原敦 編
彰国社『イタリアの路地と広場』竹内裕二 著
文春文庫『ちょっとピンぼけ』ロバート・キャパ 著　川添浩史/井上清一 訳

◆ 著 者 紹 介

上遠野浩平（かどの・こうへい）
1968年生まれ。第4回電撃ゲーム小説大賞を
『ブギーポップは笑わない』で受賞し1998年にデビュー。
ライトノベルブームの魁となる。
他の著作に『ソウルドロップの幽体研究』『殺竜事件』など多数。

荒木飛呂彦（あらき・ひろひこ）
1960年生まれ。第20回手塚賞に『武装ポーカー』で準入選し、
同作で週刊少年ジャンプにてデビュー。
87年から連載を開始した『ジョジョの奇妙な冒険』は
圧倒的な人気を獲得した。

■初出
恥知らずのパープルヘイズ—ジョジョの奇妙な冒険より—
(2011年9月21日発行)

本単行本は上記の初出作品を一部追加修正し、改装したものです。

［恥知らずのパープルヘイズ］—ジョジョの奇妙な冒険より—

2014年3月24日　第1刷発行
2014年4月21日　第2刷発行

著　者／上遠野浩平

原　作／荒木飛呂彦

装　丁／関 善之 for VOLARE inc.

編集協力／藤原直人

発行者／鈴木晴彦

発行所／株式会社 集英社

〒101-8050　東京都千代田区一ツ橋2-5-10
TEL 03-3230-6297(編集部) 03-3230-6393(販売部)
03-3230-6080(読者係)

印刷所／図書印刷株式会社

Written by KOUHEI KADONO
Original concept & illustration by HIROHIKO ARAKI

Printed in Japan　ISBN978-4-08-703310-6 C0093

検印廃止

JUMP j BOOKS

http://j-books.shueisha.co.jp/